반짝이는 딸들에게

Dear my precious daughters

니모 김희진 지음

Mom,

Being the incredible woman you are, this is nothing short of what I knew you would achieve. It brings back all of our memories back in California, the late night convos of our dreams, our innocent yet intentional aspirations for the life we wanted to build together... And guess what? I think you did it ♥ After years and years of your dedication, love, and growth, you are now bringing so much hope, happiness, and character to the world by being vulnerable and sharing your story. I am so incredibly proud of you, and you continue to inspire me everyday with your passion, bravery, and curiosity. You are truly one in a billion, and I am so excited to see this new journey of yours untold. I am lucky to call you my mother ♥ It really does show that GREAT things are destined for GREAT people.

Love your #1 supporter,
Nadine ♥

역시 내가 생각한 대로, 엄마의 출간은 다시 한번 내가 엄마를 과대평가하지 않았다는 걸 보여주네. 우리가 함께 살았던 캘리포니아에서의 모든 추억이 떠올라. 늦은 밤까지 나누었던 대화들, 고집스런 순수한 열정으로 같이 만들고 싶었던 삶. 엄마는 그 모든 것을 이루어냈어. 오랜 세월 동안 거듭된 엄마의 헌신과 사랑, 그리고 성장이 있었기에 가능한 일이야. 조금은 아플 수 있는 엄마의 스토리를 책으로 출간하며 엄마만의 정체성으로 이 세상에 희망과 용기를 가져다줄 거라 생각해. 나는 엄마가 너무나 자랑스럽고, 엄마가 보여준 열정과 용기, 호기심이 아직도 매일 나에게 힘을 주고 있어. 세상에서 하나뿐인 엄마가 나의 엄마여서 행운이야.♥ 이런 새로운 도전을 통해 그동안 알려지지 않았던 엄마의 인생 여정을 볼 수 있어서 정말 기뻐. 역시 좋은 사람들에게는 좋은 일들이 생길 수밖에 없다니까!

사랑하는 엄마의 첫 번째 지지자,
나딘♥

Dear M♥m,

CONGRATULATIONS on your book. I am so proud of you for everything you have accomplished. From CEO/Founder, to Influencer, and now, AUTHOR? You are a girlboss and someone I look up to every single day. I wish you enormous levels of success and luck with this launch. I hope your story and journey can touch and inspire others the same way you have always encouraged and inspired Nadine and myself.

I love you, and you deserve everything amazing that comes your way.

Again, CONGRATULATIONS.

Love,

책 출간을 축하해! 엄마가 이룬 모든 일이 자랑스러워. CEO/창립자에서 인플루언서, 그리고 지금은 작가까지? 정말이지 엄마는 본받고 싶은 걸보스이자 내가 매일 존경하는 사람이야. 이 책이 엄마에게 행운과 성공을 가져다주길! 엄마의 이야기와 여정이 언니와 나를 항상 격려해 주었던 것처럼 다른 사람들의 마음에도 불을 지펴 주기를 바라. 사랑해 엄마. 엄마는 이 모든 놀라운 일들을 받을 자격이 있어! 다시 한번 축하해!

사랑하는, 이지♥

일러두기

* 책에 실린 모든 사진은 저자가 직접 찍거나 소장한 자료입니다.
* 사진 속 지명은 미국의 경우 주(州)를 기준으로 표기했습니다.

프롤로그

매일 눈부시게 반짝이는 딸들에게

저는 반짝이는 걸 좋아합니다.
반짝이는 물건, 생각, 사람, 삶.
유튜브 채널의 이름 또한 〈반짝이는 니모팸〉입니다.
그리고 무엇보다 가장 반짝여서 제 마음을 움직이는 건
매일 새롭게 이어지는 '삶'과
그 속에서 빛나는 '사람'이라고 할 수 있겠네요.

삶도 사람도 반짝인다니, 조금 과장되었다고 생각하나요?
혹은 나는 빛을 잃어버린 사람인데,
빛나는 인생은 내 것이 아닌데, 라고 생각하나요?

천만의 말씀. 세상에 반짝이지 않는 삶은 없습니다.

물론 지금의 저를 본다면
안정적으로 자리를 잡은 사업,
수많은 구독자를 보유한 유튜브 채널 등
'가진 게 많고 특별히 성공했으니까
그렇게 말할 수 있겠지'라고 생각할지도 모르겠습니다.

하지만 놀랍게도 저 또한
인생이 쉽다고 생각한 적은 단 한 번도 없습니다.
오히려 굴곡이 가득했다고 말하는 게 더 맞겠네요.
다만 한 가지 다른 점이 있다면 그 모든 순간 저에게는
무슨 일이 있어도 무너지지 않아야만 하는 이유,
즉 '두 딸'이 있었다는 것입니다.

제가 이름으로 사용하는 '니모NIMO'는
두 딸의 이름 앞 글자를 딴
N과 I, 그리고 모(母)를 합친 말입니다.
제가 그동안 살아왔던 힘의 원천은
엄마라는 '책임감' 하나였습니다.
홀로 양육과 생계를 책임지는 상황 속에서

딸들의 반짝이는 삶을 지켜주고 싶었습니다.
그런 반짝임을 지켜주는 저 또한 빛나는 사람이라고 생각했고요.
그래서 언제나 아이들 앞에 솔직하고 당당했습니다.

이런 노력 덕분인지 저희 세 모녀는 아직도
하루에 몇 시간씩 통화하며 인생의 깊은 이야기를 나눌 수 있는,
때로는 친구처럼 때로는 자매처럼 지내는 끈끈한 사이입니다.
우리의 삶이 반짝인다고 믿었고 그렇게 행동했기에
현실로 이루어진 셈이죠.

2021년 봄, 유튜브를 시작하고 얼마 지나지 않았을 때
책을 써보자는 제안을 받았습니다.
제가 유튜브를 통해 사람들과 소통하기 시작한 건
이제 두 딸도 성인이 되었고,
양육과 교육이라는 엄마로서의 제 역할이
어느 정도 마무리되었다고 생각했기 때문입니다.
저만의 새로운 인생을 살아보고 싶어 시작한 도전이었습니다.

그런 내가 뭐라고 책을 쓰나 싶어서
참 오래 고민했습니다.
내가 들려주고 싶은 이야기가 있을까,

있다면 무엇일까 생각해 보았습니다.
그러다가 두 딸이 생각났습니다.
이 세상을 살아갈 딸들에게 전하고 싶은 이야기가 있었습니다.
또 저에게 조언을 구하는 많은 분들의 얼굴도 떠올랐습니다.

제 이야기를 통해서 누구라도 용기를 얻었으면 좋겠다는
그 마음은 유튜브나 책이나 다를 게 없었습니다.
결국 저는, 분명 반짝이고 있지만
자신이 빛을 잃었다고 생각하고
어두운 터널에 멈춰 선 분들에게 말하고 싶었던 겁니다.
세상에 반짝이지 않는 삶은 없다고요.

물론 저도 압니다. 삶이 언제나
밝은 순간만 있는 건 아닙니다.
꿈꾸던 모든 걸 할 수 있는 자유로운 삶에서
혼자서 두 아이를 키워내야 하는 삶으로,
돈 걱정을 해본 적이 없는 부유한 생활에서
한 달 식비를 걱정해야 하는 생활로,
천당과 지옥을 오갔기에 더욱 잘 알지요.
그러나 한 가지 확실한 건 상황이 좋고 나쁜 걸 떠나
어떤 삶이라도 저마다의 반짝임을 품고 있다는 것입니다.

되돌아보면, 오히려 비관적인 상황이 저에게는
삶을 버티게 하는 자극이 되었습니다.
퇴학 처리가 될 수 있다는 학교의 서신을 받았을 때,
막노동을 해서라도 아이를 키워야 하는
보호자 역할을 맡았을 때.
밑바닥을 치고 나서야 비로소 두 발이 땅에 닿았습니다.
오로지 내 두 다리의 힘으로 한 계단씩 오를 수밖에 없는
여러 시련의 순간을 거치면서도
늘 저의 삶은 당당하고 소중하다고 여겼기에
지금의 제가 있다고 생각합니다.

내일은 아무도 모릅니다. 힘들 수도 있고 기쁠 수도 있습니다.
어떤 내일을 맞이하게 될지는 알 수 없지만,
그저 나에게 찾아올 내일을 준비하며 오늘을 살아가면 됩니다.

처음 집필을 제안받고 이런 제 마음을 털어놓기까지
3년 가까이 지난 것 같습니다.
그사이 많은 일들이 있었습니다.
〈반짝이는 니모팸〉 채널은 점점 커져
52만 명이 넘는 분들과 소통하기 시작했고,
대학생이던 첫딸이 방송에 출연해 꽤 유명해지기도 했죠.

둘째 딸은 자신의 꿈을 향해 씩씩하게 나아가고 있고
저 또한 제 자리에서 사업을 운영하며 열심히 살았고요.
그리고 이제는 여러분에게 제 이야기를 전하려고 합니다.
살면서 느꼈던 어리석음, 뉘우침, 깨달음 등을요.

이 책은 매일 눈부시게 반짝이는
수많은 딸들에게 해주고 싶은 이야기입니다.
고난이 닥쳐왔을 때 어떤 마음으로 이겨내야 하는지,
타인의 시선에는 어떻게 맞서야 하는지,
포기하고 싶어질 때는 무엇을 생각해야 하는지
제가 지나온 길들을 솔직하게 전하고자 했습니다.

이 책에 담긴 제 경험이 잘 살아보라는 조언이라기보다
그저 도전에 직면하거나 슬픔에 휩싸일 때
갑자기 외로움의 순간이 찾아올 때
함께 나누는 대화이길 바랍니다.

힘든 하루를 보내고 집으로 돌아와
울고 싶은 마음을 꾹 참는 세상의 모든 딸들과
과거의 저처럼 긴 터널을 지나고 있는 분들,
그리고 저와 마찬가지로 이제 인생의 중반부를 지나

자신의 과거를 돌아보는 분들까지

모두를 응원하는 책이 되었으면 좋겠습니다.

오늘이 우리의 가장 젊은 날들이라는 것만 되뇌며 살아도

분명 오늘은 좋은 하루가 될 겁니다.

저 역시, 그런 하루를 살아가겠습니다.

2024년 가을

니모 김희진

혼자 힘으로 한 걸음씩

세상에 나아가기 시작한 두 딸아이와

최선을 다해 매일의 불안을 이기며 살아가고 있을

세상의 모든 딸들에게.

차례

1장

자존

나의 어떤 모습도 사랑하기

나와 우리를 사랑하는 역할

"엄마와 딸이 아니라, 언니와 동생 같아요."
"모녀 사이가 아니고 친구 사이처럼 보여요."

가끔 유튜브 영상에서의 우리 모녀 모습을 보고
자신도 엄마와 친하게 지내고 싶다고 말하는 사람이 있다.
하지만 친구처럼 보이는 우리 셋의 관계에는
사람들이 잘 모르는 한 가지 비밀이 있다.
바로 내가 꽤 엄한 엄마라는 사실이다.

두 딸을 키우는 엄마이기 전에 부도, 이혼, 타국살이 등

어려운 시기를 겪으면서 나는 내가
어떤 삶을 살고 싶은지 꾸준하게 생각해 왔다.
무엇이든 어려움을 넘겨내려면
삶에 명확한 방향이 필요하다고 생각했기 때문이다.

그리고 그 방향을 '역할'에서 찾았다.
어떤 관계에서 어떤 역할을 할 것인지에 따라 삶이 흘러간다.
나는 살면서 스스로에게 몇 가지 역할을 부여했는데,
그중 하나가 '엄격한 엄마'였다.

지금도 두 딸에게 내가 어떤 엄마냐고 물어본다면
나를 꽤 무섭다고 말할 텐데,
엄마 역할의 원칙을 세우고 엄하다 싶을 정도로
원칙에서 벗어나지 않았던 적이 많았다.
하지만 이런 원칙이 있었기에
엄마와 자식의 예의를 지키면서도
무엇이든 허물없이 감추지 않는 관계가 된 것이다.
사랑과 신뢰. 이것은 내가 인생에서
가장 중요하게 생각하는 관계의 핵심이다.

사랑과 신뢰를 쌓기 위해 나는

두 딸과의 관계에서 엄한 엄마이길 두려워하지 않았다.
그리고 그 덕분인지 두 아이 모두 어린 나이에
자신이 이 세상에 어떤 역할을 하며 살아갈지를 계획한 뒤
그 길을 잘 걸어가고 있다.

최근 나 자신에게 부여한 또 다른 역할은
'건강하고 젊은 50대'이다.
두 아이가 성인이 되고 나니 엄마보다는
언니가 되어주고 싶은 마음이 생겼기 때문이다.

이 역할을 수행하려면 꽤 많은 노력이 필요하다.
첫째, 평소 몸가짐에 언제나 긴장감을 유지한다.
특히 자세부터 그렇게 하려고 노력한다.
오랜 시간 앉아 있어도 허리를 꼿꼿이 편다.
마주 앉은 사람이 팔걸이에 몸을 기대거나
허리가 구부러질 정도로 시간이 흘러도
내 자세는 그대로다.
의식적으로 꼿꼿함을 유지하기 때문이다.
어떻게 자세가 흐트러지지 않느냐고 모두 놀라워하지만,
벌써 몇십 년을 그렇게 생활해 와서인지 크게 힘들지는 않다.

(바베이도스, 2003)

둘째로 시간을 내서 꾸준히 운동한다.
나는 격렬한 운동을 좋아하지 않는다.
요즘은 상당히 다양한 운동을 접할 수 있지만
운동은 유행이 아니라 자신의 라이프스타일이나
몸 상황에 맞추어 하는 것이 좋다.
나는 정적이면서도 동적인 필라테스가
썩 잘 맞아서 벌써 수년째 하고 있다.

셋째로 식습관을 관리한다.
아무리 운동을 해도 잘 먹지 않으면 의미가 없다.
비싼 음식이 아니라
덜 가공되고 덜 정제된 음식을 먹어야 한다.
나 또한 신선한 재료를 이용해 요리하고
몸의 장기가 지치지 않게 소화할 수 있을 만큼만
식사하고자 노력한다.

자신을 사랑한다면 사랑하는 만큼 돌봐야 한다.
자신을 사랑하는 만큼 아끼지 않는 건
사실 사랑한다는 핑계로 방치하는 것과 같다.
아끼는 물건을 닦고 또 닦고
해지거나 고장날까 봐 계속 들여다보는 것처럼

자신에게는 더 그렇게 해야 한다.

스스로에게 역할을 부여하자.
다만 그 역할은 자신과 자신의 소중한 사람을
아끼고 사랑하는 방향으로 움직여야 한다.

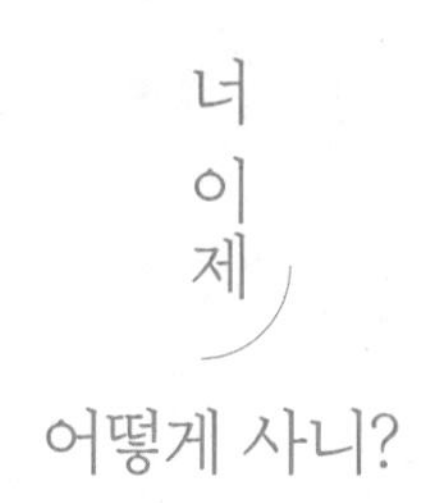

집 형편이 어려워진 건 1997년 외환위기• 시절이었다.
뉴스에서나 듣던 '부도'가
우리 집에 일어날 거라고는 생각도 못했다.
수출에 힘을 쏟았던 아버지 회사에 큰 위기가 찾아왔다.
아버지는 회사를 살리기 위해
온 가족의 재산을 사용했지만 역부족이었다.
한 기업이 문을 닫기까지의 수많은 사정을 뒤로하고

• 1997년부터 아시아 지역을 중심으로 발생했던 금융위기를 말한다. 한국은행이 보유한 외환이 다 떨어져 나라의 경제가 파산하게 되었고, 수많은 기업과 금융 기관이 제 기능을 못하고 문을 닫았다.

간단명료하게 말하자면 '집이 망했다'.

주변 사람들이 가장 처음 보인 반응은 이랬다.
"너 이제 어떻게 사니?"

이런 와중에 두 아이를 혼자 키우게 되었다.
이혼을 하면서 두 딸의 양육권을 양도할 수는 없었기에
재산에 대한 권리를 포기하는 대신 아이들을 데려왔다.
당연히 형편상 집에 도움을 청할 수도 없어서
생활의 모든 면을 오로지 혼자 감당해야만 했다.

부모 둘이서 아이 하나만 키워도 힘든데,
나는 혼자서 아이 둘을 키우게 된 데다 돈까지 없으니
주변의 걱정을 산 것이 당연할지도 몰랐다.
내가 한평생 부모의 그늘 아래에서
부족함 없이 살아왔기에 더 걱정이 됐을 테다.

주위에서는 양육권을 포기하라고도 말했다.
하지만 내가 직접 아이를 키우지 않는다면
나중에 후회할 거라는 사실을 너무나 잘 알고 있었다.
그렇기 때문에 아이들을 절대 포기할 수 없었다.

무조건 아이들을 잘 키워내야겠다는 생각뿐이었다.
몸으로 부딪치면 어떻게든 할 수 있지 않겠는가.
일단 아이들과 함께 미국에 가기로 했다.
2008년이었던 당시에는 이혼 가정에 대해
곱지 않은 시선과 편견이 있었기에
그로부터 조금이라도 자유로운 환경에서 아이를 키우고 싶었다.

다만 문제는 역시 돈이었다.
6살, 8살 두 아이와 함께 미국에 정착할 돈이 필요했다.
돈을 마련하기 위해 가장 먼저 가지고 있던 물건을 팔았다.
그동안 내 드레스룸을 채웠던 명품 옷과 가방, 구두 등은
이제 처치 곤란한 짐일 뿐이었다.

내려놓을 줄도 알아야 한다는 사실을 이때 처음으로 깨달았다.
개중에는 소중하게 보관하고 싶은 물건들도 있었다.
하지만 앞으로 허리띠를 졸라매며 살아야 할 텐데
다시 이런 옷들과 장신구들을 걸칠 시간도,
그러고 갈 곳도 없겠다는 생각이 들었다.
현실적으로 더 이상 필요가 없었던 것이다.

며칠에 걸쳐 주변 사람들이 물건을 사러 왔고,

연신 아깝다며 안타까워하는 이들에게
하나라도 더 사주는 게 나를 돕는 방법이라고 넉살을 부렸다.
내 청춘을 빛내주던 물건들이었지만 그다지 아깝지 않았다.
이제는 더 이상 그것들이
인생의 중요 순위가 아니었으니까 말이다.

한때의 즐거움이었던 물건들이
생활비를 만들 수단으로 바뀐 게 아이러니했다.
하지만 물건을 팔면서 스스로의 처지가
불쌍하다거나 슬프다는 생각은 하지 않았다.
그저 내게 있어 물건의 가치가 변했을 뿐이었다.
오히려 짐이 될 뻔한 것들을
유용하게 돈으로 바꿀 수 있어 다행이었다.
이제 정말로 가장의 역할을 시작하게 된 것이다.

지금까지 운 좋게 덤으로 살아왔다면
이제부터는 내 인생을 온전히 책임지는 한 사람으로 살기로 했다.
부모님의 재산이나 배경 없이는
아무것도 못 할 거라는 사람들에게 말해주고 싶었다.
돈이 나를 규정할 수 없고, 나는 돈에 휘둘리지 않고도
얼마든지 내 인생을 살아낼 수 있다고 말이다.

세상이 나를 넘어뜨릴 순 있다.

하지만 일어나고자 결정하는 건 나 자신이다.

그대로 엎어져서 스스로를 불쌍히 여기는 순간

나는 정말 불쌍한 사람이 된다.

나를 불쌍하게 만드는 건 세상도, 주변 사람의 시선도 아니다.

바로 다시 일어날 생각을 하지 않는 꺾여버린 마음이다.

아무것도 모르는 소리

책임감은 날 움직이는 원동력이 되었다.
내 힘만으로 우리 세 가족이 살아가야 한다고 생각하니
점점 "할 수 있을까?"에서
"어떻게든 해내야만 해!"로 마음이 바뀌었다.
그런 날 응원해 주는 사람도 많았지만
한편으로는 수군거리며 안 좋게 바라보는 시선도 있었다.
아등바등 노력하는 모습을 곱게 보지 않는 사람들 말이다.

"부자는 망해도 부자 아니야?"
억울했다. 얼마나 힘든지 알아달라는 것도 아니고

그저 열심히 살아보겠다고 노력할 뿐이었는데
왜 잘 알지도 못하면서 저렇게 말할까, 싶었다.
당신들이 무엇을 아냐며 따지고 싶은 생각도 들었지만
곧 그런 마음을 접었다.

'주위에서 뭐라고 하든 상관없이
내 상황을 이겨내는 것에만 집중하자.'
'저런 말과 시선에 절대 흔들리지 말자.'

내가 처한 상황이 누군가에게는 별것 아닐 수도 있다.
그런 식으로 비교하자면 정말 끝이 없다.
사실 비교할 필요도 없는 일이다.
중요한 건 누가 누구보다 더 힘든지가 아니다.
나에게 닥친 어려움을 어떻게 이겨내느냐다.
작은 어려움에도 무너지는 사람이 있는가 하면,
큰 어려움일지라도 꿋꿋하게 이겨내는 사람이 있다.

때로 우리는 잘 알지도 못하는 사람들로부터
'배가 불렀다, 아쉬운 소리 한다, 고생을 더 해봐야 한다' 같은
정말 아무것도 모르면서 함부로 하는 말을 듣는다.

그런 말은 깔끔하게 무시하고 보란 듯이 열심히 살면 된다.
나의 어려움은 나만 안다.
그리고 나 자신만이 그것을 극복할 수 있다.

인생은 공평하기도 하고, 불공평하기도 하다.
모든 사람이 똑같은 출발선에서 시작하지는 않지만
일단 출발하고 나면 그 후는 각자의 몫이다.
아무리 빨리 출발했다고 해도
한동안 제자리에 멈춰 있을 수도 있고,
남들보다 멀리 갔다고 해도 출발선으로 다시 되돌아올 수도 있다.
인생이란 참 얄궂어서 날아오르는 것보다
추락하는 것이 훨씬 쉽기 때문이다.

인생은 하나를 가져가는 대신 다른 하나를 내주기도 한다.
내 삶도 마찬가지였다.
누구나 부러워할 만큼 풍족하게 태어나 살았지만
뒤늦게 인생의 외상값을 치르듯 혹독하게 고생했다.
남들과 비슷한 가정을 이루지는 못했지만
대신 보석 같은 두 딸과 평생 끈끈하게 지낼 수 있게 되었고,
나와 다른 사람, 나보다 힘든 사람의 입장을
헤아릴 줄 알게 되었으며,

(로드아일랜드주, 1991, 첫 반려동물이던 '세프Seph')

나도 몰랐던 나의 새로운 면모를 발견해
사업까지 하게 되었다.

삶에 굴곡이 없었다면 분명 조금 더 편하게 살았겠지만
불가능하다고 생각한 도전들을 거치면서
희열을 느끼지는 못했을 것이다.
또한 나 자신만 생각하고 오만하게 살면서
일상에 찾아오는 작고 소소한 행복을 알지 못했을 것이다.

지금 자신의 삶이 불공평하다고 느껴지더라도,
주변에서 잘 알지도 못하면서
나를 판단하고 규정지으려 하더라도,
현재 나의 상황에만 집중해 보자.
그럼 주변의 시선은 아무것도 아닌 일이 된다.
내가 마음을 어떻게 먹느냐에 따라
인생은 나에게서 가져간 것 이상을 주기도 한다.

나에게 맞는 자리

"엄마, 나 이번에도 안 됐어."

둘째가 풀이 죽은 목소리로 말했다.
꼭 일해보고 싶은 회사의 채용 공고를 본 아이가
얼마나 열심히 준비하고 지원했는지 알기에
안쓰러운 마음이 들었다.

"난 왜 이럴까? 내가 너무 부족한 걸까?"

얼마 전에도 한 번 떨어진 적이 있어서인지

아이는 더욱 기가 죽어 있었다.

"아니야. 저번에도 최종까지 올라갔고,
이번에도 700명 중 2명을 뽑는 자리였는데
최종 13명 안에 들었잖아.
이건 정말 대단한 거야."

나는 진심으로 그렇게 생각했지만
아이에게는 별다른 위로가 되지 못했던 것 같다.
무슨 말로도 위로가 되지 않을 것 같아
차라리 삶의 선배이자 어른으로서
조금은 냉정한 조언을 해주기로 했다.

"이것도 다 경험이야. 모든 게 탄탄대로면
다시 일어서는 법을 못 배워.
합격률이 1퍼센트도 안 되는 회사였잖아.
취업 시장에서는 원래 떨어지는 게 훨씬 자연스러운 일이야.
그리고 떨어졌다고 해서 네가 부족한 사람이라는 것도 아니고,
그 회사가 너를 밀어낸 것도 아니야.
그냥 그 자리는 네 자리가 아니었을 뿐이지."

(로드아일랜드주, 1989)

떨어지는 일을 두려워할 필요도 없고,
떨어졌다고 해서 너무 실망할 이유도 없다는 걸
알려주고 싶었다.
둘째는 조금 이해가 안 된다는 듯이 물었다.

"그게 무슨 말이야? 내 자리가 아니었다니.
합격한 사람보다 내가 부족하다고 생각하니까
나를 안 뽑은 거잖아."

"그게 아니야. 네가 더 좋은 인재라고 해도
그 회사에서 찾는 사람은 아닐 수 있는 거야.
회사가 하나의 자동차라고 생각해 봐.
네가 아무리 좋은 엔진이라고 해도
지금 그 자동차에 가장 필요한 건 핸들이나 기어일 수 있어.
다 각자 맞는 자리와 역할이 있는 거야. 그렇지?"

둘째는 완전히 이해한 것 같지 않았지만
조금 더 시간이 흐르고 세상을 경험하다 보면
내 말을 충분히, 어쩌면 나보다 더
잘 이해하게 될 거라고 믿는다.

늘 그렇듯 기회는 한 번에 찾아오지 않는다.
내가 알아차리지 못하는 사이에
내 앞까지 왔다가 훌쩍 지나가 버리기도 한다.
이때 우리가 할 수 있는 건 두 가지뿐이다.
다시 찾아올 기회를 꽉 잡기 위해 심기일전하고 준비하거나
놓쳐버린 기회에 좌절하다가 다시 찾아온 기회를
한 번 더 놓치거나.

나 또한 살면서 수많은 기회를 놓쳤다.
겁이 많던 20대 때는 지금 생각해도 아쉬울 만큼
좋은 제안을 무심히 흘려보낸 적도 있고,
30대에는 일자리를 구하지 못해 고심했던 적도 있다.
그리고 원하지 않는 일을 결국 해야 할 때도 있었다.

하지만 그 과정을 겪을 때마다
'다음에는 더 용기를 내야지'라고 다짐했고,
그것은 50이 넘은 지금도 마찬가지다.
유튜브를 시작할 수 있었던 것도 이런 용기 덕분이다.

인생에 한 번만 오는 기회는 없다.
요즘 우스갯소리로 우리가 인생에서 다시 얻지 못할 기회는

'키즈 모델'뿐이라고 했던가.
하지만 나이가 들어 키즈 모델을 못 하게 되었다면
후에 시니어 모델에 도전하면 된다.

지금 기회를 잃었더라도
나에게 더 잘 맞는 자리가 찾아올 것이다.
내가 준비가 되어 있다면 말이다.

인생은 긴 여정이다. 그 여정에서 만나는 좁거나 넓은 길,
가파른 오르막길과 끝도 보이지 않는 내리막길을 걸으며
우리는 한층 성숙해진다.
비로소 요령을 터득하고 지혜와 용기를 얻는다.

용기 있게 내린 결정과 그에 임하는 단단한 각오,
식지 않는 끈기만 있다면
자신 앞에 어떤 길이 펼쳐지든
그 다음을 기대하고 또 맞이하며 살아갈 수 있다.

위기를 기회로

"왜 연락이 안 올까?"

두 아이를 키우기 위해 미국에 와서 일을 구한 지 몇 달째.
꽤 많은 일자리에 지원했지만
메일함에는 답신이 하나도 없었다.

먹고살 길을 찾기 위해서는 당장 일이 필요했다.
대학원에서 그래픽디자인을 전공한 나는
사실 큰 어려움 없이 일자리를 구할 거라 생각했다.
그러나 하필 경기가 좋지 않았다.

리먼브라더스 사태[*] 직후라 일자리가 부족했다.
내가 하고 싶은 일들은 도무지 자리가 나지 않았다.
당장 다음 달 생활비를 걱정해야 하는 상황까지 와버렸다.

그 순간 문득 여태껏 일자리를 못 구한 이유가
체면에 연연했기 때문은 아니었을까 하는 생각이 스쳤다.
대학교를 졸업한 사람도 취업난에 허덕이는 판국에
대학원을 나온 나는 월급을 더 줘야 하니
더더욱 안 뽑을 수도 있겠다는 생각이 든 것이다.
그걸 모르고 전공을 살리겠다고 생각한 것 자체가
사치처럼 여겨졌다.

눈높이를 낮출 필요가 있었다.
더 넓은 범위로 일자리를 찾기 시작했다.
헬퍼나 어시스턴트 같은 일자리도 유심히 살폈다.
그러다 개인 비서 일자리가 눈에 띄었다.
아이의 픽업부터 시작해서 집안의 기본적인 심부름과
세탁, 설거지, 화초 관리, 저녁 준비 등이 주 업무였다.

---

* 2008년, 미국의 투자은행 리먼브라더스가 파산을 신청한 사건이다. 역사상 최대 규모의 파산으로 기록되면서 전 세계 금융위기의 시발점이 되었다.

한 번도 해보지 않은 일인데 내가 할 수 있을까 망설이던 순간
근무시간이 눈에 들어왔다.
'오전 9시 30분부터 오후 2시 30분까지.'

이 시간이라면 두 딸아이를 통학시키면서도
지장 없이 일할 수 있을 것 같았다.
양육에 대한 걱정이 해결되는 최적의 직장이었다.
그때 나는 결심했다.
'나의 커리어를 포기하자.'

그렇게 개인 비서 일을 시작했다.
이 일은 '하고 싶은 일'이라기보다는 '해야 하는 일'이었지만
그렇다고 해서 결코 억지로 일하지는 않았다.
오히려 어떻게 하면 더 잘할 수 있을까 고민했다.
일을 하면서 요리 실력이 일취월장했고
고용주인 마저리와는 좋은 친구 사이가 되었으며
그 덕분에 미국 교육에 대한 정보도 얻고
두 딸의 학습과 진학에 많은 도움을 받을 수 있었다.

이때 나는 깨달았다.
어떤 일이라도 어차피 할 것이라면

배울 점과 얻을 점이 무엇인지 찾아야 한다.
그 일이 무엇이든 배우거나 얻고자 한다면
정말 그럴 수 있기 때문이다.

물론 계속 디자인 일을 하고 싶기도 했다.
내가 20대부터 사랑했고, 잘했고, 하고 싶었던 일이었다.
그러나 전공을 살린다면 돈은 더 벌 수도 있었겠지만,
일자리를 구하기까지 시간이 오래 걸렸을 것이다.
만약 일을 구했더라도 딸들과 함께하는 시간은 줄었을 것이다.
또 미국에 적응해야 하는 어린 두 딸은 내가 집에 없는 동안
혼란스러웠을 것이고 위험했을 것이다.
그래서 지금 다시 그때로 돌아간다 해도
나는 같은 선택을 하리란 걸 안다.

직업 하나가, 직장 하나가 내 인생을 결정하지 않는다.
어떤 일이라도 그 일을 하면서
다양한 사람의 입장도 겪어보고
새로운 경험을 해보자고 마음먹는다면
하지 못할 일은 없다.
일은 내 삶의 소중한 것들을 위하는 과정에 불과하다.

간절함은 언제나 통한다

개인 비서 채용 공고를 냈던 마저리와
동네의 한 카페에서 만났다.
일자리를 구하는 사람이 워낙 많았던 때라
채용 공고 후 200명이 넘는 사람에게 연락이 왔는데,
그중에 유일하게 인터뷰하려고 만난 사람이 나였다고 한다.

우리는 2시간 넘게 이야기를 나눴다.
그녀는 첫 만남 자리에서
디자인 전공에 석사학위까지 받은 사람이
왜 개인 비서 일에 지원하게 되었는지 궁금해했다.

특히 내가 졸업한 대학교가 그녀의 딸이 지원하려던 곳이었기에
더 호기심이 생겼다고 했다.

그때 나는 당시의 내가 처한 상황을
아주 솔직하게 털어놓았다.
일단 일을 하는 시간이 나한테 적합했고
무엇보다 앞으로 미국에서 어린 두 딸아이를 키워야 하는데
마침 마저리 역시 13살 딸의 엄마였기에
미국의 교육 방식과 양육 문화 등을 배우고 싶다고 말했다.
나는 미국에서의 학부모 역할을 알려줄 사람이 절실히 필요했다.
마저리는 내 이야기를 듣고 가만히 고개를 끄덕였다.

내친김에 나는 시간당 페이를 물어보았다.
그리고 그녀가 미처 대답도 하기 전에
보통 수준보다 1.5배 이상의 페이를 요구했다.
200대 1의 경쟁률을 뚫고
대화를 나누게 된 것만으로도 행운이었지만,
내가 아이들을 키우기 위해서 최소한으로 필요한 금액이기에
그 미만으로는 일을 할 수 없다고 말했다.

마저리는 웃으며 보통 이런 일들의 페이가

(뉴저지주, 2003)

얼마인 줄 아냐고 물었다. 나도 알고 있었다.
하지만 아이들의 양육이 걸린 문제이니
물러설 수 없었다.

가족들과 상의하고 연락을 주겠다던 마저리는
그 다음날 2주간의 수습기간 후에
채용을 결정하자며 연락을 해왔다.
그렇게 2주 후 나는 정식으로 일을 시작했다.
생각했던 것처럼 마저리네 집에서의 일은
내가 아이를 키우기에 굉장히 적합했다.
출근하기 전에 두 딸의 등하교를 직접 시킬 수 있었고,
마저리의 집에서 미국 가정 문화와 아이들의 양육 방식,
특히 교육적인 부분에 대해 배울 수 있었다.

당시 그녀의 딸이 다니던 사립 고등학교가 있었는데
첫째도 그 학교에서 합격통지서를 받아 후배가 되었다.
마저리의 딸이 대학 입학원서를 준비할 당시
내 업무 중 하나는 30개 정도 되는 미국 대학교들의
입시 정보를 조사해 주는 일이었다.

각 학교의 SAT와 ACT 커트라인,

고등학교 시절 수료해야 하는 AP 과목들,
그리고 무엇보다 중요한 스포츠와
특별활동 교육과정extra curriculum에 대한 것들이었다.
이 경험은 5년 후 우리 아이들이
어느 학교에 지원할지 결정하고 준비하는 과정에서
정말 큰 도움이 되었다.

나는 마저리와 첫 만남부터 일을 그만둘 때까지 약 3년 동안
언제나 나의 상황과 마음에 대해 솔직했다.
그렇기에 딸을 키우는 엄마로서
서로를 응원하는 좋은 친구가 될 수 있었다.

간절하고 솔직한 마음은 언제나 통한다.
정말 원하는 것이 있을 때는 솔직하게 드러낼 줄 알아야 한다.
설령 그것이 무모해 보이고
조금은 허무맹랑해 보이더라도 말이다.
인생의 기회는 간절한 사람에게 찾아오는 법이다.

트리와 전구

내가 어렸을 때 겨울이 되면 우리 집에서는
항상 커다란 트리를 만들었다.
가지각색의 오너먼트를 달고 한껏 장식한 뒤에
설레는 마음으로 크리스마스를 기다리곤 했다.
특히 알알이 반짝이는 전구를 트리에 두르고 불을 켜면
온 세상이 환하게 빛나는 것 같아 참 좋았다.

그때 나는 내 자신이 마치 트리와 같다고 생각했다.
온갖 장식구와 전구로 화려하게 꾸미고
크리스마스의 주인공이 되는 트리처럼

지금 인생에서도 내가 주인공이라고 말이다.

운 좋게도 난 꽤 부유한 집에서 태어났다.
큰 기업을 운영하시던 아버지와 우아하고 아름다운 어머니,
날 아껴주었던 든든한 두 오빠가 있는
따뜻하고 부유한 집의 막내딸.

지금처럼 유학이 일반적이지 않던 시절,
아버지를 졸라 고등학교부터 대학원까지
미국에서 꽤 오래 유학하기도 했고
하고 싶은 것, 사고 싶은 것을 못 가졌던 적도 없었다.
집 살림을 도와주는 가사도우미 분과
운전을 해주는 기사님도 있었으니
지금 생각해도 참 넘치는 삶이었다.
그렇게 20대 성인이 될 때까지 부족함을 모른 채 살았다.
이런 상황이었으니 어린 마음에
스스로가 인생의 주인공이라고 생각했던 게
어쩌면 당연했을지도 모른다.

그러나 가세가 기울고 모든 것이 달라졌다.
커다란 집에서 그 무엇보다 화려하게 만들었던 트리는

(캘리포니아주, 2010(위)/ 뉴욕주, 2023(아래))

더 이상 온데간데없었다.
대신 작은 집에서 두 아이와 단출하고 소박한
우리만의 트리를 꾸몄다.
아이들이 모두 잠들고 나서 나는 혼자 거실로 나와
우리가 만든 트리의 불을 다시 켰다.
트리를 감싼 색색의 전구들이 빛을 냈다.
깜박이는 불빛을 보고 있으니 제목도 기억나지 않는
어느 드라마에서 들었던 대사가 떠올랐다.

"나는 지금까지 내가 크리스마스트리인 줄 알고 살아왔어.
그런데 이제 보니 아니었네."

하염없이 불빛을 바라보던 나는 그때서야 알게 되었다.
'아, 나는 트리가 아니라 저 수많은 전구 중 하나였구나.
트리는 그저 우리가 살아가는 거대한 세상일 뿐이었어.'
그동안 나는 내가 불이 꺼진 트리라고 생각했다.
한때는 주인공이었으나 이제 그 빛을 잃었다고 여겼던 것이다.
내색하지는 않았지만
왜 내가 불이 꺼진 트리가 되어야만 하는지,
이제 좋은 날은 오지 않는 것인지
침울해하고 있었던 것이다.

하지만 지금 보니 그것은 잘못된 생각이었다.
나는 트리가 아니라 전구였고,
다른 전구들과 함께 트리 안에서 빛나고 있었다.

크리스마스트리의 전구는 서로가 연결되어 있다.
전구 한두 개가 불이 조금 약하더라도
옆의 전구가 환하게 밝혀주면 된다.
내가 힘든 순간에도 주변에서 불빛을 비춰주기 때문에
나도 다시 빛을 낼 수 있다.

그것을 깨달은 순간 마음이 편해졌다.
방 안에서 곤히 잠자고 있는 딸들과
내가 사랑하는 가족들, 친구들이 떠오르면서
나는 혼자가 아니라는 생각이 들었다.
마음이 더 단단해졌다.
그리고 오늘 하루를 더 행복하게, 잘 살고 싶었다.

지금 빛을 조금 잃었더라도 괜찮다.
우리 주변에는 손을 잡고 함께 빛을 내주는
소중한 이들이 많다는 사실을 잊지 말자.

자존심보다는 자긍심

젊은 시절의 나는 민폐가 되는 행동을 굉장히 싫어했다.
물론 주변에 폐를 끼치는 것을 좋아할 사람은 없다.
하지만 나는 그것을 자존심이 상하는
일이라고까지 생각했던 시절이 있었다.
그런 생각이 깨진 것은
딸들과 미국살이를 시작하면서부터였다.

아이들과 함께 지낼 집을 겨우 구해 급한 불은 껐지만
앞으로의 생활을 위해서는 가진 돈을 최대한 아껴야 했다.
그러나 당장 다음 달 생활비가 간당간당해

모든 부분에서 지출을 줄이더라도 단 한 가지,
아이들의 끼니는 거를 수 없었다.
나는 어른이니 좀 덜 먹어도 되지만
아이들을 덜 먹일 수는 없는 노릇이었다.

나는 신문이나 생활 정보지에서 찾아 잘라둔
각종 할인쿠폰들을 챙겨 장을 보러 나섰다.
쇼핑 목록을 적은 메모지를 들고
하나씩 신중하게 물건을 담았다.
계산대에 서서 지갑 안에 불룩하게 든
쿠폰들을 잔뜩 꺼내 내밀었다.

당시 미국의 마트 쿠폰은 바코드로 스캔이 되긴 하지만
대부분은 번호를 하나하나 입력하는 방식이었다.
쿠폰 하나에 숫자가 열 개 가까이 있는 데다
여러 장을 중복해서도 쓸 수 있었다.
당연히 쿠폰을 많이 사용할수록
계산하는데도 시간이 오래 걸렸다.

기시감이 들었다. 어디서 이런 장면을 본 적이 있었다.
몇 년도 더 된 유학생 시절, 슈퍼마켓 계산대에 줄을 섰는데

(매사추세츠주, 2002)

앞 사람이 쿠폰을 수북이 쌓아둔 걸 보고 놀랐었다.
뒤에 줄 선 사람이 얼마나 많은데 참 민폐라는 생각과 함께
계속 기다리느니 안 산다며 자리를 박차고 나왔다.

나는 이제서야 그 사람의 마음을 알 것 같았다.
과거의 내가 비난했던 그도 어쩌면
한 가정의 가장이었을지 모른다.
뒷사람들에게 민폐라는 걸 모르지 않았을 테지만
그런 시선보다는 오늘 하루 식구들의 끼니를 챙기는 게
더 중요했을 것이다.

그때의 내가 앞사람을 째려봤던 것처럼
나의 뒤통수도 살짝 따가웠지만 그래도 고개를 꼿꼿이 들고
쿠폰마다 할인이 정확히 됐는지 꼼꼼히 확인했다.
기다리는 사람들이 수군거려도 상관없었다.
아이 입에 밥 한 숟가락 더 들어가는 게
나에게는 훨씬 더 중요했다.
저들이 모르거나 귀찮다는 이유로 챙기지 않는 쿠폰 덕분에
나는 오늘 더 아꼈다는 것이 오히려 자랑스러웠다.

자존심이 남에게 지기 싫은, 무시받고 싶지 않은 마음이라면

자긍심은 나 자신에 대한 믿음과 신념이다.

물건을 살 때 쿠폰을 수북이 내미는 일에
창피한 마음이 드는 건 내 자존심 때문이지만,
나의 체면보다는 아이들의 식비가 중요했기에
더 이상 창피하거나 부끄럽지 않았다.
이 떳떳함은 자긍심이었다.
내 아이들을 위해서는 무엇이든 할 수 있다는 자긍심.

겨우 이런 일, 이런 순간으로 자존심이 상한다면
그것이야말로 스스로를 부끄러운 사람으로 만드는 것이다.
이제 나는 내 앞에 서서 수십 장의 쿠폰을 내며
미안해하고 당황해하는 이들에게 이렇게 말해주고 싶다.

"Don't worry, Take your time."

정말 소중한 것이 있다면
체면을 내려놓을 줄도 알아야 한다.
그 자긍심을 부끄러워하지 말자.

성공보다 중요한 것

혹자는 나에게 성공했다고 말하기도 한다.
여러 가지 이유가 있겠지만 가장 큰 이유 두 가지는
혼자 힘으로 키운 두 딸이 미국 명문대학에 진학했고,
내가 하는 사업도 안정적으로 운영되기 때문일 것이다.

하지만 나는 성공이라는 말에 의문을 품는 편이다.
성공은 과정보다는 결과에 더 가까운데
그렇게 본다면 먼 훗날 눈 감을 때에야
내가 성공했는지 아닌지를 판단할 수 있지 않을까.

혼자 아이들을 키우면서 대학에 들어만 가도
다행이라고 생각했다.
두 딸이 각자 원하는 대학에 지원하고 합격했을 때
정말 기쁘고 자랑스러웠지만, 사실 어떤 학교를 갔어도
나에게 자랑스러운 딸들이었을 것이다.
아이들이 좋은 대학에 들어갔다는 사실보다
포기하지 않고 끝까지 성취해 냈다는 사실에 더 크게 기뻤다.

초콜릿 사업도 아이들과 더 시간을 보낼 수 있도록
집에서 할 수 있는 일을 찾다가 시작하게 된 것이다.
미국에서 시작한 사업이
여러 부침 끝에 한국에 진출할 수 있었고
현재는 40명 남짓인 직원들과 함께 즐겁게 일하고 있다.

돌이켜 보면 아이들의 교육도, 사업 확장도
나에게 있어서는 성공이라기보다는 과정에 가까웠다.

개개인에 따라 성공의 정의는 다르다.
하지만 만약 나에게 성공이 무엇이냐고 묻는다면
'내가 잘 살아왔다고 여길 수 있는 것'이라고 말할 수 있겠다.
그렇기 때문에 내가 눈을 감을 때까지

내 인생이 성공했다고 확신할 수 없을 듯하다.

물론 앞으로도 성공보다는 성장을 이어가고 싶다.
그 과정에서 꼭 두 가지를 지키자는 것이 나의 철칙이다.
바로 '자존감'과 '자신감'이다.

자존감은 더 나은 사람이 되기 위해
시련을 극복해 가는 과정에서 만들어진다.
우리는 세상을 살면서 여러 가지 잣대를 마주한다.
도덕적 잣대, 법률적 잣대, 사회적 잣대 등.
자존감이 있다면 여러 잣대에서 스스로 당당할 수 있다.
잣대에 나를 맞추기 위해 애쓰지 않고
나 자신을 돌아보고 점검하고 바꾸면서
좀 더 나은 사람이 되고자 노력한다.

자신감은 나를 높거나 강하게 평가하여
나약함과 싸우게 만드는 능력이다.
예를 들어 지금 내가 해야 하는 일이
나만 할 수 있는 일이라 믿는 것이다.
자신감이 있으면 나 자신이 기댈 곳이 된다.
누구에게도, 어디에도 기대지 않아도 될 만큼

나에게는 그런 능력이 있다고 믿어주는 것이다.

이것은 남들보다 잘, 빠르게 해낸다는 뜻이 아니다.
오히려 몇 번을 실패해도 언젠가 해낸다는 마음이다.
이런 믿음이 있으면 힘든 상황이 오더라도
일상의 작은 행복과 기쁨, 즐거움만으로도 금방 회복된다.
회복탄력성이 높은 사람이 되는 것이다.

오랜 시간이 흐른 후에 눈을 감을 때
'나 참 잘 살았구나'라는 생각이 들 수 있게끔
오늘도 나는 더 나은 사람이 되기 위해 노력한다.

보이지 않는 것

초등학생 딸들을 학교에 데려다주고
끝날 때쯤 마중 나가는 일은 나에게 아주 중요한 일과였다.
그날 하루가 어땠는지 대화를 나눌 수 있었기 때문이다.

하루는 여느 때와 다름없이 하교한 딸을 차에 태웠는데
아이가 타자마자 어깨를 수그리더니 시트 아래로 숨었다.
왜 그러냐고 물어보니 아무것도 아니라고 얼버무리면서도
눈으로는 창문 너머를 살피고 있었다.
딸의 행동을 보고 나니 그 이유를 알 것 같았다.
친구들에게 보이고 싶지 않았던 것이다.

미국에 정착했을 때 아이들의 통학을 위해서
자동차가 꼭 필요했다.
수중에 있는 돈이 얼마 없었기 때문에
구할 수 있는 것은 10년도 훨씬 넘은 오래된 중고차뿐이었다.
다소 초라하더라도 없는 것보다는 나으니 상관없었다.
하지만 어린 딸아이 눈에는 친구들과 비교될까 봐
신경이 쓰였던 모양이었다.

"친구들이 볼까 봐 창피하니?"
아이는 내가 묻는 말에 입을 꾹 다문 채 시선을 피했다.
대답을 이미 들은 것 같았다.
나는 아이의 행동이 너무나 이해되었다.
나 역시 그런 생각을 한 적이 있었기 때문이다.

미국에서 대학을 졸업한 후 한국에 돌아왔을 때
친구들을 만나러 가면 눈에 띄는 풍경이 있었다.
바로 멋진 외제 차를 몰고 오는 모습이었다.
승차감보다 중요한 하차감이라고 하던가.
물론 부모님의 차를 끌고 나오는 것이었지만
차에서 내렸을 때 사람들의 시선을 즐기는 친구의 기분이
나에게도 전해지는 것만 같았다.

(괌, 1993)

반면 아버지는 기업 경영자임에도 불구하고 국산 차만 타셨다.
철없는 내가 보기에는 그게 참 싫었다.
아버지보다 낮은 직급에 있는 임원들이나
다른 친척들은 대부분 외제 차를 타는데
왜 아버지만 국산 차를 탈까.
나도 한 번쯤 친구들의 부러움을 사고 싶었는데
아버지의 차로는 도무지 폼이 나질 않았다.
그래서 넌지시 물었다.
"아버지는 왜 외제 차를 타지 않으세요?"

내 말에 아버지는 단호하게 대답하셨다.
"외제 차는 무슨. 다 소용없는 거다.
자랑하려고 외제 차를 타는 건
자신이 별 볼 일 없다는 사실을 가리려는 거다.
한국에서 사업하는 사람이 국산 차를 타고 다녀야
진짜 멋있는 거야."

과연 우리 아버지답다고 생각했다.
그 말을 들은 나는 지금의 딸처럼 입을 꾹 다물고 말았다.
아버지의 말씀을 이해한 건 딸들을 키우면서였다.

나는 주눅 든 딸에게 말했다.

"새 차냐 중고차냐가 중요한 게 아니라

엄마가 너희를 데려다주고 데리러 오는 게 더 중요한 거야.

보이는 것에 집착해서 정말 중요한 것이 무엇인지

잊어서는 안 돼."

남에게 보이기 위한 집이나 차, 옷 등보다 중요한 것은

매일을 채워나가는 방법이다.

사랑하는 사람을 위해 하루의 중요한 일과를 세우고,

내가 사는 집을 깔끔하게 정리하고,

나의 몸을 매일 깨끗하게 씻는 것보다

나를 더 좋은 사람으로 만들어주는 것은 없는 법이다.

아이도 그때의 나처럼 그 순간에는

온전히 이해하지 못했을 것이다.

하지만 언젠가 자신만의 소중한 존재가 생기고

보이는 것보다 더 중요한 게 있다는 사실을 깨닫게 되었을 때

아버지를 떠올렸던 나처럼

우리의 대화를 떠올려 주리라 믿는다.

2장

사랑

주고받는 마음을 겁내지 않는 것

사랑은 변하지 않아

아이들이 성인이 된 이후로
나는 한국에, 아이들은 미국에 살고 있다.
일 년에 몇 번 만나지 못하는 사이가 된 것이다.
내가 곁에 없어도 잘 살아가고 있는 아이들을 보면
시간이 언제 이렇게 빠르게 흘렀나 하는 생각이 든다.

어느 날 첫째와 대화를 하다가
엄마가 가장 필요했던 때가 언제였는지 물었다.
딸아이는 잠시 생각하더니
자신이 처음 이별했을 때였다고 말했다.

친밀한 관계가 틀어지는 경험이 처음이라
굉장히 힘들었는데,
곁에 엄마가 있어서 견딜 수 있었다고 말이다.

자신이 힘들어할 때마다
내가 언제나 담담하게 조언해 주어
좀 더 객관적으로 생각할 수 있었다고 했다.

관계가 어긋나는 감각은 참 견디기 힘들다.
그때 나는 아이에게 연인이건 친구건,
관계가 멀어지는 경험도 필요하다고 말해주었다.
상대방의 마음을 거절하거나 혹은 거절당했다고 해서
내가 부족한 사람이 아니라는 사실도 알려주었다.
이제는 많은 사람을 만나며
스스로 관계 맺어나가는 방법을 터득한 아이를 보면서
괜시리 마음이 따뜻해졌다.

이야기를 나누다 보니 문득 궁금해졌다.
그렇다면 아이가 지금 나에게 듣고 싶은 말은 무엇일까?
첫째에게 물었더니 딸아이는 씩 웃으며 이렇게 말했다.

“동생과 나, 이제 둘 다 어른이 되긴 했지만
아직도 엄마의 1순위는 우리라고 말해줬으면 좋겠어.”

푸핫. 웃음이 터져 나왔다.
어른이 되어도 아직 엄마에게만큼은
어리광을 부리는 아이이고 싶은
그 마음이 사랑스러웠다.
첫째는 덧붙여 말했다.

“지금은 멀리 떨어져 살고 각자 일도 바쁘고,
어쨌든 우리 모두 사회생활을 하지만
그래도 난 우리가 제일 중요하다는 말을 듣고 싶어.”

물론 엄마의 사랑이 부족하다는 뜻은 아니다.
그렇다. 아이도 분명히 알고 있었다.
지금은 비록 멀리 떨어져 살면서 전화로만 안부를 묻더라도
내 마음 안에서 아이들은 언제나 1순위다.
어릴 때처럼 곁에서 사랑을 쏟고 보호하는 역할은 끝났어도
사랑하는 마음만은 달라지지 않는다.

이전까지는 내가 일방적으로 사랑을 쏟아부었던 관계였다면

이제는 우리 셋이 나란히 걸어가면서
서로 힘이 되어주는 관계가 되었다고 할까.

가족의 사랑은 이런 것이다.
관계의 모양은 변해도 관계의 본질은 달라지지 않는다.

감정에 솔직해지기

친구처럼 지내는 우리 세 모녀를 보고
다들 부러워하기도 하고 신기해하기도 한다.
두 딸과는 거의 매일 영상 통화를 하는데,
맨날 대화를 나누는데도 어찌나 할 말이 많은지
이야깃거리가 끊이지 않는다.

딸들과 허물없이 지내는 모습만 본다면
조금 놀랄지 모르겠지만
사실 나는 감정이 살짝 건조한 사람이었다.
애초에 발랄한 성격도 아닌데다가

사랑하는 사이에는 표현하지 않아도
마음으로 다 알 거라고 여겨
입 밖으로 감정을 꺼내기 어려워하는 사람이었다.
또한 '사랑한다'는 말에는 책임도 따른다고 생각했기에
그 말의 무게가 너무나 무겁게 느껴졌다.

다른 사람에게 기대는 걸 어려워하던 나에게 있어
감정이란 혼자서 극복하고 이겨내야 하는 것에 가까웠다.
특히 힘든 일을 겪고 생기는 부정적인 감정은 더욱 그랬다.
그래서 이혼 과정에서 겪었던 힘든 마음은
혼자서 묵묵히 이겨내야 한다고 생각했다.

그러나 어느 날 밤 여느 때처럼 자려고 누웠는데
눈물이 투두둑 떨어져 베갯잇을 적시기 시작했다.
울어야겠다고 생각한 것도 아닌데
뜨거워진 눈가가 식을 줄을 몰랐다.
다음 날 아침에 일어나니 눈을 뜰 수가 없을 정도였다.
베개에는 말라버린 눈물의 흔적이 가득했다.
잠결에 잠깐 울컥했다고 생각했지만
자는 동안 나도 모르게 계속 울었던 모양이었다.

며칠 동안 그러고 나니 묘한 해방감이 느껴졌다.
오히려 눈물이 나를 위한 약처럼 여겨졌다.
웃음이든 눈물이든 감정의 표현은
참는다고 참아지는 것이 아니었다.
그건 재채기처럼 상식적인 반응이었다.

살이 찢어지면 피가 나오듯이
마음이 아프면 자연스럽게 눈물도 날 수 있다.
속으로 삭이고 참기만 하면
병이 날 수도 있다는 사실을 알게 된 것이다.

그 이후로는 감정을 조금 더 잘 표현하는 사람이 된 것 같다.
그것이 비록 부정적인 감정일지라도
마음에서 해방시켜 주려고 노력했다.

하루에 가능한 한 많은 순간에
아이들과 대화를 나누고 사랑을 표현하려 애썼다.
좋은 일이든 나쁜 일이든 엄마는 언제나
들어줄 수 있는 사람이라고 알려주고 싶었다.
그 덕인지 딸들 역시 날이 갈수록 수다쟁이가 되어갔다.
기쁨은 나누면 커지고 슬픔은 나누면 줄어든다.

자신의 감정을 털어놓는 일에 주저하지 말아야 한다.
눈물을 흘리는 걸 두려워하지 말아야 한다.
오늘 눈물을 흘리고 내일 후련한 마음으로
다시 하루를 살아가면 되는 법이다.

약한 모습을 보이면 스스로 무너질까 봐,
주변에서 걱정할까 봐
오히려 더 걱정되는 마음, 너무나 잘 안다.
나 역시 그랬으니까.
감정도 잘 표현할 줄 알아야 한다는 걸 깨달은 후부터
나는 모든 감정을 혼자 짊어지지 않는다.
아이들 앞에서 무조건 강한 모습만 고집하지도 않는다.

미국에서 힘겹게 견뎌오던 어느 날,
그날따라 유독 벅차고 힘들어
운전을 하다가 갑자기 눈물이 흐른 적이 있었다.
그때 10살이던 첫째가 말했다.
"엄마, 무슨 일 있어?"

나는 아이에게 상황을 설명해 주고
엄마가 조금 버겁다고 솔직하게 말했다.

아이가 잠시 생각하다가 해준 말을 아직도 잊지 못한다.

"Mom, you are a good person,
and I truly believe 'good things happen to good people'."

아이의 말이 어찌나 위로가 되고 고맙던지.
그 순간 나는 힘듦을 한순간에 떨쳐낼 수 있었다.
그래서 "우리 오랜만에 외식하자!" 하며
기운 내 아이들과 맛있는 저녁을 먹었다.

여러분에게도 같은 말을 들려주고 싶다.
"당신은 좋은 사람이다.
그리고 나는 좋은 사람에게는 좋은 일이 일어난다고 믿는다."

관계에 최선을 다할 것

할아버지 장례식이었다.
어릴 때였고, 인생에서 처음 경험하는 죽음이라
모든 것이 낯설기만 했다.
서럽게 우는 친척들 가운데 오직 아버지만이
담담한 표정으로 자리를 지키고 계셨다.

슬프지 않느냐고 묻는 나에게 아버지는 말씀하셨다.
슬프지만 생전에 최선을 다해드렸기 때문에
후회가 없다고.

마음을 추스르지 못하는 사람들 대신 말없이 그들을 챙기고
장례 절차를 진행하는 아버지의 모습을 보며
어린 마음에도 그 말이 가슴에 콕 박혔다.
나도 아버지처럼 내가 사랑하는 사람들에게
후회가 남지 않을 만큼 최선을 다해야겠다고
다짐하기도 했다.

그 때문이었을까.
나는 후회하지 않기 위해 모든 관계에 최선을 다해왔다.
가족과 친구, 연인, 그리고 지인들까지.
뭘 그렇게까지 잘해주냐고, 왜 호구처럼 참느냐고
옆에서 대신 화를 내줄 정도로 말이다.

하지만 호구 같으면 어떤가?
진심으로 사랑하는 사람들에게
하나하나 따지고 계산하기보다는
좀 손해를 봐도 괜찮다는 생각으로
나는 기꺼이 '자발적 호구'를 택한다.

진짜 사랑, 진짜 우정이라면
결국은 이런 내 진심을 알아주기 마련이다.

손해 보고 싶지 않다는 생각이 들면
그건 이미 사랑이 아니다.
이것저것 재고 내가 이만큼 줬으니까
너에게서도 이만큼을 돌려받아야겠다고 여기는 관계는
사랑이 아니라 비즈니스에 가깝다.

부모와 자녀 사이에 어떤 계산이 있던가?
둘도 없는 친구에게서 조금 손해를 봤다고
바로 '손절'을 할까?
사소한 것에 끊어져도 아쉬울 것 없는 그런 관계라면
오히려 빨리 정리하는 게 낫다.

이런 고민을 했던 적이 있다.
'진실한 관계란 뭘까?'

나의 처지가 좋을 때와 나쁠 때 등 정반대 상황 속에서
많은 관계를 겪어내다 보니 깨달은 것이 있다.
결국 끝까지 곁에 남은 사람들과 나 사이에는
공통적으로 '믿음'이 있다는 것.

진실과 사실은 다르다.

사람들은 서로에게 무조건 숨김이 없고 거짓이 없어야만
진실한 관계라고 여기지만
나는 그렇게 생각하지 않는다.
계산하고 따지는 관계에서라면 사실, 즉 팩트가 중요하겠지만
진실한 관계에서는 사실과 상관없이
믿음이 훨씬 더 중요하다.

"어떤 상황에서든 나는
전적으로 너를 믿기 때문에 너의 편이야."
이렇게 말할 수 있으려면 서로에게 최선을 다해야만 한다.

후회보다 힘든 감정도 드물다.
관계에 있어서 남기지 말아야 할 후회란
"내가 저 사람 때문에 손해 봤어"라는 미련이 아니라
"헤어지기 전에 더 잘해줄걸" 하는 아쉬움이다.
반려동물을 떠나보낼 때 못 해준 것들이 생각나
눈물 흘리는 사람이 많다고 한다.
하물며 사랑하는 사람들과의 관계에서 하는 후회는
얼마나 더 힘들까?

그래서 우리는 누군가와 관계를 맺는다면,

특히 그 관계가 사랑에 기반한 것이라면

최선을 다했다고 당당하게 말할 수 있어야 한다.

나 또한 앞으로의 남은 인생에서도

늘 그렇게 말할 수 있길 바랄 뿐이다.

더 많은 사람을 만나보길

나는 부모님의 반대에도 불구하고 결혼했다.
비록 이혼하면서 결혼 생활을 끝내긴 했지만
결혼한 것을 후회하지는 않는다.
무엇과도 바꿀 수 없는 두 딸을 얻었고
다시 그때로 돌아가더라도
같은 선택을 할 것 같다는 생각이 든다.

간혹 이혼을 경험한 사람들이
'결혼은 절대로 하지 말아야 하는 악습'이라고
이야기할 때도 있지만 나는 그렇게 생각하지 않는다.

결혼이 꼭 'Happily Ever After(평생 행복하게 살았답니다)'로
끝나야 하는 건 아니니까 말이다.

딸이 둘이다 보니 딸들이 언제 결혼하면 좋겠냐는
질문을 받을 때가 있다.
그럴 때마다 나는 결혼을 빨리 할 필요는 없다고 말한다.
심지어 늦게 하는 것도 좋겠다고 한다.
그리고 꼭 이 말을 덧붙인다.

"결혼은 이기적으로 해야 해. 그래야 잘할 수 있어."

이기적으로 하라니 조금 이상할 수도 있지만
여기서의 '이기적'은 남들에게 피해를 주든 말든
나만 생각하라는 뜻이 아니다.
내 행복을 최우선으로 여기고
그만큼 주도적으로 이끌어야 한다는 것이다.
결혼이 개인보다는 집안의 일이라고들 말하지만
다른 사람들의 눈치를 보느라 정작 그 결혼의 당사자인
'나'를 배려하지 못한다면 불행해질 수밖에 없다.

결혼을 늦게 하라는 것도 같은 맥락이다.

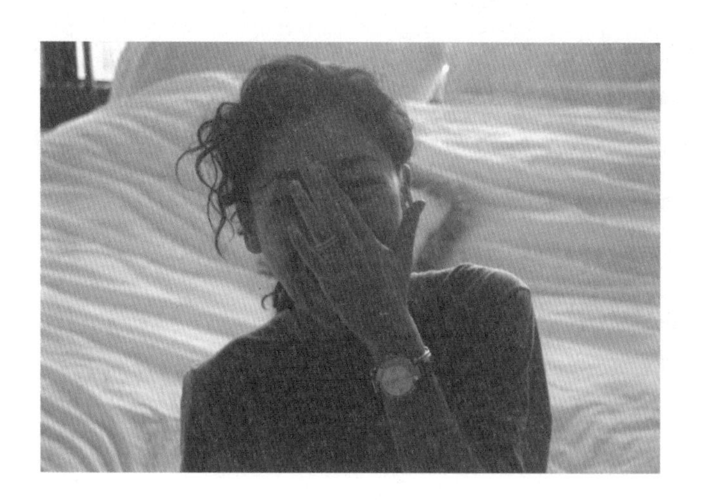

(뉴저지주, 1999)

준비가 안 된 상태로 쫓기듯 결혼하면 안 된다.
누군가와 평생 함께 살아간다는 것은
충분한 준비가 필요한 일이다.
내 인생에 결혼과 타인을 받아들일 준비 말이다.

사람을 보는 눈을 키우거나,
상대와 내가 잘 맞을지 파악하고
어떻게 해야 더 잘 지낼 수 있을지 방법을 찾는 일은
많은 사람을 겪어봐야 경험이 쌓여서 알 수 있다.
그래서 나는 아이들에게 꼭 여러 사람들을
다양하게 만나보라고 말한다.
연인뿐만 아니라 친구도 마찬가지다.
그래야 나와 융화가 잘되는 특별한
짝, 친구, 연인을 보는 눈이 생기기 마련이다.

이것은 누가 알려줄 수 없다.
오로지 수많은 만남과 헤어짐의 아픔을 겪으며
스스로 깨달아야만 하기에
나는 그저 옆에서 묵묵히 지켜볼 수밖에 없다.
먼저 결혼과 이혼이라는 경험을 해본
한 명의 여자이자 엄마로서,

중심을 잡는 방법을 늦게나마 깨우치게 된 사람으로서,
딸들이 결혼에 대해 고민한다면 이렇게 말해주고 싶다.

"결혼은 꼭 하지 않아도 돼.
그런데 할 거라면 서두르지 말고 너부터 성장해야 해.
연애도 많이 해보고 더 다양한 것을 보고 겪어봐.
남들이 '나이 더 먹으면 늦는다'고 해도 신경 쓸 것 없어.
결혼하기에 늦은 나이란 없으니까.
네가 하고 싶을 때, 너 자신을 충분히 이해하고 알게 됐을 때.
결혼은 그럴 때 하는 거야.
결혼은 오직 너 하나만 생각하면 돼.
엄마도, 언니나 동생도, 친구들도 중요하지 않아."

결혼은 '한 팀'이 되는 일이다.
나 자신이 상대방과 한 팀을 이루고 살아갈 수 있는가를
가장 먼저 고민해야 한다.
한 팀은 같은 곳을 바라보아야 한다.
만약 바라보는 곳이 서로 조금 어긋나 있다면
최소한 비슷한 의식과 가치관을 가지고 있어야 한다.
인간 대 인간으로서의 교감이 가장 중요한 것이다.

그렇기에 사람도 충분히 만나보고, 연애도 충분히 해보고
필요하다면 동거도 해보고,
그러고 나서 결혼해도 늦지 않다.
그렇게 많은 경험을 바탕으로 함께할 사람을 찾고
'나'를 중심으로 주도적인 판단을 해야만
배우자와 가족에게도, 그리고 결혼 생활에서도
당당하고 행복할 수 있다.

결혼과
출산의 목표는 행복

결혼은 꼭 하지 않아도 되고
세상을 많이 경험하고 사람도 많이 만나봐야 하며,
결혼 전에 아이를 먼저 가지거나
결혼하지 않고 아이를 낳아도 크게 문제없다고 말하면
주변에서는 깜짝 놀란다.

"와, 정말 보통 엄마들과 다르시네요."

이 말에는 긍정적 의미와 부정적 의미가 모두 담겨 있다.
굉장히 개방적이고 깨어 있는 엄마라고 여기는 한편

'아무리 그래도 순서라는 것이 있는데'라거나
'본인이 정상적인 결혼 생활을 안 해서 그런가?'라고
의문을 가지는 것이다.

세상의 기준으로 보면 나의 결혼 생활과
두 아이를 키웠던 환경은 '정상'에서 좀 벗어나 있긴 하다.
하지만 나는 오히려 반문하고 싶다.
꼭 정상과 비정상을 구분해서 살아야 할까?
정상이라고 해서 항상 맞거나
비정상이라고 해서 항상 그른 것도 아니다.
순서가 뒤바뀌어도 괜찮다.
나에게 떳떳하고 당당하면 남의 시선은 중요하지 않다.

나는 결혼과 출산을 고민하는 사람들에게
두 가지를 조언하고 싶다.

첫째, 결혼과 출산의 궁극적인 목표를 행복에 둘 것.
순서보다 중요한 것은 '행복'이다.
만약 결혼을 하기로 결정했다면
가족으로 산다는 게 무엇인지,
나의 궁극적인 목표는 무엇인지 반드시 고민해야 한다.

결혼도 출산도 늦게 해도 괜찮다고 한 이유는
결혼과 출산이 가져오는 책임감과 헌신이
20대의 어린 나이로 감당하기에는 참으로 힘들기 때문이다.
특히 아이를 키우는 일에서는 희생이 불가피하다.
아무런 목표 없이 그저 해야 하니까,
어쩔 수 없으니까 해나간다면 힘든 일이 생겼을 때
쉽게 포기하고 싶어지고 결국 불행해진다.
행복을 목표로 해야만 그런 희생과 책임을 견딜 수 있다.

둘째, 양육과 커리어 개발을 병행할 것.
물론 이 둘을 함께 해나가는 것이
얼마나 힘든지 잘 알고 있다.
하지만 나 또한 처음에 아이를 낳고
일을 하지 않은 시절이 있었는데
나만의 일, 돌아갈 커리어가 없다는 것은
몸의 힘듦보다 더한 고통이었기에 솔직하게 조언할 수 있다.

육아가 너무 힘들다 보니
보통 커리어를 포기하고 손에서 일을 놓게 되는데,
2~3년이 지나고 나면 본업으로 돌아가는 게 쉽지 않다.
물론 가정에 소홀해질 정도로 일을 하라는 뜻이 아니다.

(뉴욕주, 2001)

중요한 것은 일과 육아의 병행을 돕는
환경과 지원, 제도를 어떻게든 찾아 최대한 활용하고
일 전선에서 손을 놓지 않으려는 굳은 의지다.

엄마의 삶을 살더라도 나 자신을 놓지 말자.
책임감이 나를 움직이게 하더라도
그 안에서 나의 존재 가치를 찾아 나가야 한다.
이는 나 자신만을 위한 것이 아니다.
가족 관계와 양육에 있어서도 중요한 도움이 된다.
먼저 배우자와 일에 대해 존중을 주고받을 수 있다.
엄마가 계속 커리어를 갖고 있는 게
아이들에게 좋은 본보기가 되어주기도 한다.

내가 나의 가치를 찾고 인정해야만 건강한 관계가 형성된다.
배우자와 자녀에게 집착하거나 목매지 않고
있는 그대로 서로를 받아들이며 존중할 수 있다.

칭찬이 상처가 될 때

"아이들이 참 밝아 보여서 좋네요."
"어쩜 아이들한테 구김살이 하나도 없어."

딸들을 키우며 가장 많이 들었던 얘기다.
언뜻 보면 칭찬 같지만 나에게 있어서는
정말 힘든 말이었다.
물론 좋은 의도로 한 소리라는 것도 잘 안다.
하지만 때로는 좋은 의도라도
상대방에게 상처를 줄 수 있다.
바로 그 상황에 처해보지 않았기 때문이다.

(캘리포니아주, 2009)

이 말에 가슴이 아팠던 이유는,
엄마 아빠가 모두 있는 가정의 아이들이라면
듣지 않아도 됐을 말이기 때문이었다.
한부모가정 아이들이라면 보통 어둡기 마련인데
그렇게 자라지 않아 다행이라는 뜻이니까.

사실 혼자 키우든 둘이 키우든 양육은 힘든 일이고
아이가 밝거나 어두운 것은
누가 키우느냐보다는 어떤 방식으로 키우느냐에 달려 있다.

그런 생각이 들 때마다
딸들이 아빠의 빈자리를 느끼지 않도록
두 배로 사랑을 주고,
좋은 일이 생기면 두 배로 기뻐해 주고,
매일매일 작은 것에도 의미를 두고
긍정적으로 행동하려고 했다.

혼자서 모든 것을 감당하다 보니 때로는
내가 내린 결정이 정말 맞는 것인지 불안하기도 했다.
의논 상대가 있었다면 짐을 나누기도 하고
위로도 받았을 텐데 그러지 못했기에 힘들었던 것이다.

그래도 삶의 거의 모든 면을 '엄마'라는 역할에 집중해
꾸려왔던 것은 스스로도 잘했다고 여기는 부분 중 하나다.
바뀌어버린 가정환경으로 딸들을 불안하게 만들고 싶지 않았다.

그리고 무엇보다 아이들은 언제까지나
아이로 남아 있지 않다.
시간이 지나고 어른이 되어 내 곁을 떠날 텐데
이렇게 가까이에서 내 전부를 줄 수 있는 때는
지금뿐이라고 생각했다.

그럼에도 아이들을 키우며 마음 한구석에
늘 미안함이 자리하는 건 어쩔 수 없었다.
혼자이다 보니 시간적, 경제적으로 여유롭지 못했고
아빠가 아니어서 해주지 못한 부분도 분명 있었다.
한번은 엄마가 많은 것을 해주지 못해서
미안하다고 말했더니 아이가 이렇게 대답했다.

"엄마, 내가 엄마를 왜 좋아하는지 알아?
엄마가 매일 밥을 챙겨줘서도 아니고
그냥 사랑해 줘서도 아니야.
엄마가 열심히 사는 모습을 보고

나도 엄마처럼 살아야겠다고 생각했어.
엄마랑 잘 살고 싶어서 좋은 학교도 가고 싶었고.
그걸 위해 노력했어. 엄마 닮고 싶어서.
그냥 엄마는 어떻게 살면 되는지 우리한테
매일매일 보여준 거야."

내가 무언가를 해줘서가 아니라 나의 살아가는 모습을 보고
본보기로 삼았다는 말에 가슴이 뜨거워졌다.
헛살지는 않았구나, 하는 생각이 들었다.
치열하게 살았던 시간들이 딸들에게
고스란히 전달된 것 같았다.

아이들 때문에 마음 졸이고 발 동동거리며 살지 않아도
딸들은 열심히 살아가는 나를 자랑스러워했다.
내가 당당할수록 딸들에게도 그것이 전해진다는 사실에
한결 마음이 자유로워졌다.
그 이후로 나는 더 이상 아이들에게 미안해하지 않는다.
나는 내가 할 수 있는 최선을 다했고,
그런 나를 사랑하기 때문이다.

오롯이

독립된 존재

"기억나니? 너희 둘이 학교에 똑같은 옷을 입고 갔다가
놀림받고 울면서 집에 왔잖아."

"당연히 기억나지! 그래서 나 지금도
언니랑 똑같은 옷은 절대 안 입잖아."

"그러니까. 얘랑 나랑 이렇게 스타일이 다른데
똑같은 옷을 입히는 게 말이 돼?"

"그래, 엄마가 미안해. 같은 배에서 나온 너희가

그렇게 다를 줄 몰랐지."

지금은 웃으면서 이야기하지만
초보 엄마였던 나는 두 아이를 키우며 몇 가지 실수를 했다.
그중 하나가 두 딸의 스타일이 다를 수도 있다는 사실을
전혀 고려하지 않은 채 옷을 입혔다는 것이다.

초등학생 시절, 같은 디자인에 색깔만 다른 옷을
둘에게 똑같이 입혀놓으면 내 눈에는
그 모습이 참 예뻐 보였다.
두 아이가 그것을 싫어할 수 있다는 것도 모른 채
내 취향에 맞게 입혀 학교를 보냈더니
어느 날은 울면서 집에 돌아왔다.
잔뜩 놀림을 받고 왕따를 당할 뻔했다는 것이다.
가뜩이나 동양인이라고는 둘뿐이었는데
옷까지 똑같이 입었으니
놀림감이 되어도 이상하지 않았다.

내 생각이 짧았다는 생각이 들었다.
그날부터 아이들을 조금 더 독립된 존재로 대하고
사소한 것들부터 직접 고를 수 있도록

선택권을 주기 시작했다.
헤어스타일도 하고 싶은 대로 하게 두었고,
옷도 알아서 골라 입도록 했다.

예를 들어 이전에는 방 청소를 할 때까지
청소하라고 재촉했다면
이제는 “방 청소 좀 해!” 한마디만 하고는
하든 말든 알아서 하라고 내버려두기도 했다.

한배에서 나온 딸들인데도 서로 너무 다른 존재라는 걸
이때부터 확실히 알 수 있었다.
아이들은 정말 모든 것이 너무도 달랐다.
옷을 고를 때도 첫째는 흔히 말하는
톰보이 스타일을 좋아했는데,
둘째는 꼭 발레리나처럼 핑크 스커트를 즐겨 입었다.
머리도 짧은 스타일에 염색을 자주 하는 아이가 있었던 반면,
검고 긴 생머리를 유지하는 아이가 있었다.

사소한 것까지 얼마나 달랐는지,
세탁한 자기 옷을 각자 가져가라고 말하면
둘째는 바로 서랍에 정리하는 데 비해

첫째는 몇 날 며칠이고 그대로 두다가
어느 순간 말끔히 치워두는 식이었다.

두 아이가 이렇게 다르다는 걸 깨달으니
딸들과의 건강한 거리감이 생겼다.
내가 헌신하여 키운다고 해서, 내 아이라고 해서,
내 뜻대로 할 수 있지 않다는 사실을
몸으로 느끼게 된 것이다.
나는 아이들이 각자 자신의 삶을 잘 살아갈 수 있도록
곁에서 돕는 보호자의 역할임을 인정하고 받아들일 수 있었다.

그 전까지는 하나부터 열까지 나의 기준에 맞췄다면
이제는 아이들이 스스로 해낼 수 있다고 믿었고
엄마와 딸이지만 동등한 존재로서 대화하면서
더욱 끈끈한 관계가 되기도 했다.

이는 비단 부모자식 사이만의 이야기가 아니다.
사람은 누구나 오롯이 독립된 하나의 존재다.
이를 인정하지 못한다면
상대를 있는 그대로 바라볼 수 없다.
있는 그대로 바라보지 못한다면

(서울, 2007)

상대를 존재 자체로 사랑할 수도 없다.

서로를 있는 그대로 바라보고
나와 동등한 하나의 존재임을 인정할 때,
진짜 사랑이 가능해진다.
누군가를 진정으로 사랑하고 싶다면
독립된 존재로 바라보는 연습이 필요하다.

특별함을 보는 눈

어릴 때부터 나는 무엇이든 나눠주는 걸 좋아했다.
안 입는 옷이 있으면 주변에 나누기도 했고,
친구에게 잘 어울린다고 생각하는 물건이 있으면
아무 이유 없이 그냥 선물하기도 했다.

사람들과 무엇이든 나누고 싶었다.
특별히 사람들과 어울리는 것을 좋아해서는 아니었다.
그저 함께 행복하고 싶다는 생각이 들었을 뿐이었다.
다만 그때 내가 아는 방법이라고는
내가 가진 것을 나눠주는 게 전부였다.

(바하마, 1988)

아마 경제적으로 풍족했기 때문이었겠지만
마음보다는 물질을 나누는 데 더 익숙했다.

그러다 상황이 어려워지고
우선 내 아이들, 내 가족부터 챙기는 데 급급해지자
더 이상 가까운 친구와 지인들에게 해줄 수 있는 것이
크게 없다는 생각이 들었다.
이런 고민을 친구에게 털어놓았는데
그 친구는 의아하다는 듯이 말했다.

"나는 네가 무엇인가를 선물하던 때보다 지금이 좋아.
지금 너와 함께 있으면 힘이 나.
좋은 에너지를 얻어가는 것 같아.
너는 가만히 있어도 그 자체로도 선물 같은 사람이야."

친구의 말을 듣고 퍼뜩 깨달았다.
꼭 물질적인 것을 나눌 필요는 없었던 것이다.
서로의 가치를 알아보게 되면 그 사이에는
무엇을 주지 않더라도
이미 충만한 마음이 존재하고 있었다.

생각해 보면 나조차도 그랬다.
소중한 사람을 만나면 좋은 에너지가 나에게 스며들었다.
그 에너지로 또 하루를 살아갈 힘이 생겨났다.

좋은 인연, 좋은 관계란 그렇게 만드는 것이다.
이는 가까운 사이뿐만 아니라
처음 만나는 사람에게도 모두 해당한다.
내가 상대의 가치를 알아보고,
상대도 나의 가치를 알아봐 줄 때
서로 좋은 기운을 나눌 수 있다.
누군가의 빛나는 가치는 때로 지적인 면이 될 수도 있고
인성이 될 수도 있고 미적 감각이 될 수도 있다.
어느 것이 더 우선하지는 않는다.

아마 친구가 예전의 나보다 지금의 나에게
좋은 에너지를 얻는다는 건
내가 겪어왔던 모든 상황이 나를 이전과 다른
단단한 사람으로 만들었고
친구의 눈에는 그 가치가 보였기 때문일 것이다.

모든 사람에게서 그들의 특별함을 보는 눈을 기르자.

그리고 그것을 솔직하게 표현해 보자.
내가 상대방에게 나눠줄 수 있고 받을 수 있는
가장 좋은 것은 바로,
서로의 진정한 가치를 알아보고 응원하면서 피어나는
긍정적인 에너지의 힘이다.

온전한 하나의 사랑

"엄마는 날 더 좋아하는 것 같아."

그 말을 듣는 순간 나는 '참 다행이다'라고 생각했다.
첫째와 둘째는 항상 엄마가 동생이나 언니보다
자신을 더 좋아한다고 말한다.
그리고 진심으로 그렇게 믿고 있다.

엄마는 하나고 아이는 둘이다 보니
내가 두 아이를 대하는 철칙 중 한 가지로,
'누구보다 덜 사랑받는다'는 느낌이 들지 않도록

무던히 애써왔기 때문일 것이다.
그래서인지 나는 언제나 두 아이를 똑같이 대하고,
사랑도 똑같이 나누어주어야 한다는 생각에 사로잡혀 있었다.

어릴 적에 두 아이는 여느 자매들처럼 자주 싸웠는데,
그때마다 나는 판사가 되어 둘 사이를 중재했다.
첫째와 둘째를 각각 불러다 이야기를 듣고
누가 잘못을 했고 누가 사과를 해야 하는지
최대한 객관적으로 잘잘못을 따져주었다.
그 자리에서 당장 판가름하기 어려운 일은
어떻게 결론을 내주어야 하는지 꽤 고심하기도 했다.

그런데 참 김빠지게도 내가 혼자 이리저리 생각하다가
마침내 합리적인 판결을 들고 오면
아이들은 언제 그렇게 싸웠냐는 듯
꺄르르 웃으며 놀고 있는 게 아닌가.
애써 머리를 싸매며 어떻게 관계를 풀어주어야 할지
고민하던 내가 참 우스워졌다.

자매의 관계란 참 신기하다.
위로 오빠만 둘 있는 나로서는

(뉴저지주, 2003)

두 아이가 서로를 대하는 모습이
참 신기하기도 하고 부럽기도 하다.

같은 부모를 만난 인연으로
가장 좋은 친구이자 가장 사랑하는 사람,
또 어떨 때는 가장 미운 사람이 되는 관계.
특히 두 아이는 한배에서 나온 게 맞나 싶을 정도로
성향이 달라 더 놀라웠다.
(자매가 아니라 같은 반에서 만난 사이였다면
과연 친구가 될 수 있었을까 싶다.)

이런 모습을 보고 있자니 어느 순간부터는
두 아이 모두 그저 나를 통해 태어났을 뿐인,
각각의 사람으로 대해야 한다는 생각이 들었다.

그래서 둘에게 사랑을 똑같이 나눠주기보다는
한 명 한 명에게 온전한 사랑을 주려고 노력했다.
또 엄마의 입장에서 둘의 닮은 점을 찾으려 하거나
긍정적으로든 부정적으로든 그 어떤 것도
비교해서는 안 된다고 다짐했다.

아이들에게 정말 필요한 것은
사랑을 정확하게 반으로 갈라서 주는 게 아니라
각자에게 온전하고 가득한 하나의 사랑을 주는 것이었다.

요즘도 두 딸은 나에게 말한다.
"엄마는 나랑 노는 게 더 좋지?"
그러고서는 나를 쏙 빼고 둘이 즐겁게 놀고 와서
미주알고주알 수다를 늘어놓는다.
참, 웃기고 사랑스러운 딸들이다.

3장

책임

내가 믿는 것을 지켜나가는 마음

세상의 시선

유튜브 채널을 시작하며
생각도 못했던 만큼 수많은 사람들과 소통하게 되었고
특히 첫째 아이가 방송 프로그램에 출연하면서
우리 가족을 알아보는 사람이 많아졌다.
심지어 얼마 전 공항에서는
팬이라며 먼저 말을 거는 사람도 있었다.
이런 상황이 감사하기도 하고 놀랍기도 했다.

하지만 사랑이 크면 미움도 크다고 했던가.
사람들의 큰 관심을 받게 되니

응원 못지않게 차가운 시선도 따라오게 되었다.
익명성이라는 그늘에 숨어서
나쁜 말들을 해대는 사람들 때문에
상처받은 적도 꽤 많았다.

그럴 때마다 가장 걱정되는 건 아이들이었다.
나이가 많은 나도 버거운데 아이들은 어떨까.
특히나 유명해진 만큼 근거 없는 비난에 상처 입었을
첫째의 마음이 걱정되었다.

하지만 오히려 첫째는 엄마인 나보다 의연했다.
사람들의 시선 따위는 별거 아니라고,
내가 아니면 그만이라고,
엄마도 그런 것 따위 신경 쓰지 말라고,
우리끼리 행복하게 즐겁게 살면 된다고, 말해주었다.
아직 어리다고만 생각했던 아이는
어느덧 나보다 커다란 마음을 지니고 있었다.

세상의 시선은 참 무섭다.
나는 아이를 키우는 대부분의 세월 동안
편견이라고 부를 수 있는 그 시선을 피하기 위해 애썼다.

아이 둘과 미국에서 지냈다고 하면
인종차별을 당한 적은 없었는지 궁금해하는 경우가 많은데
사실 미국보다는 한국에서 차별을 느낀 적이 더 많았다.
그것을 가장 크게 느꼈던 때가 바로 이혼을 한 후였다.

우리나라에서는 한부모가정에 대해
비정상이라고 낙인찍는 경우가 흔했는데,
혼자 아이를 키워야 하는 상황보다 그런 편견이 더 힘들었다.
나뿐만이 아니라 아이들에게까지
그 시선이 간다는 것이 더 큰 문제였다.
그럴 때마다 아이들이 받을 상처와
움츠러들 어깨를 생각하니 결단이 필요했다.
그래서 택한 것이 미국행이었다.
아이들의 교육 문제도 있었지만
색안경을 낀 사람들의 시선을 감당할 자신이 없었다.

타국에 와서도 편견은 여전히 나를 따라다녔다.
이번에는 내 안에 있는 편견이었다.

그때의 나는 지금 생각해도 꽤 어린 나이였다.
겨우 30대 중반이었고 아이를 키우더라도 싱글이었으니

충분히 새로운 사람을 만나볼 수도 있었다.
하지만 나 스스로 이미 나이가 많다고 여겼다.
형편도 어렵고 이혼까지 해서
여자로서의 인생은 끝났다고 생각해 버린 것이다.

한번은 누군가 딸들에 대해 '별책부록'이라고 말한 적이 있었다.
그저 지나가는 농담이었지만
나는 도저히 그냥 넘길 수 없어 크게 화를 냈다.
그 무엇을 준다고 해도 바꿀 수 없는 보석과도 같은 딸들인데
무슨 권리로 그런 말을 하는 걸까!

그런 말을 듣고 나니 더더욱 딸들에게
붙게 될 꼬리표가 두려워졌다.
내가 만약 재혼이라도 하게 된다면
우리 아이들은 별책부록이라는 이름으로
눈칫밥을 먹게 될지도 모른다는 생각이
머릿속을 떠나지 않았다.
그런 꼬리표가 싫어서 미국에 왔던 것이었기에
앞으로의 내 인생에 남자는 없다고 결심했다.

그렇게 수년을 외부의 시선뿐만 아니라

(뉴욕주, 1996)

내 안으로부터의 편견과도 쉼 없이 싸워야만 했다.

그러나 지금은 세상의 시선도, 편견도 두렵지 않다는 것을
훌쩍 커버린 딸들을 통해 배운다.
우리는 서로가 있기에 더 이상 두려울 것이 없다.
두려움에 숨어 있던 나를 세상에 꺼내준 것은
어쩌면 내가 세상의 시선으로부터 끝까지 지키고 싶었던
딸들일지도 모르겠다.

누가 어떤 시선으로 보든 우리는 앞으로도
지금처럼 서로를 자유롭게 사랑하고
자유롭게 살아갈 것이다.

아무도 대신해 주지 않아

내가 좋아하는 명언 중에
미국 전 대통령인 링컨이 했던 말이 있다.

"사랑하는 사람에게 할 수 있는 가장 나쁜 일은
그들이 할 수 있고, 해야 할 일을 대신해 주는 것이다."

나는 아이들을 키우며 이 말에 굉장히 공감했는데,
'대신해 주지 않는 것'은 아이들의 자존감을 키우는
가장 좋은 방법이기 때문이다.
이것은 자신의 일을 스스로 감당하고 책임져야만

자존감이 높아진다는 뜻이기도 하다.

나를 아는 사람들은 나에게 자존감이 높다고들 말한다.
그래서 딸들도 그러냐고 궁금해하며 물어본다.
글쎄, 나의 기준에서 봤을 때
아직은 자존감을 기르는 과정에 가깝다고 생각한다.
어떤 순간에 대해 자신감은 있을 수 있겠지만
자존감은 정말 힘든 실패와 좌절을
스스로 이겨냈을 때 나오는 힘이기 때문이다.
그런 경험을 하기에 아이들은 아직
인생을 많이 살아보지 않았다.

간혹 자녀들이 시행착오를 겪지 않고
편하게 살길 바라는 마음에 미리 이것저것
힘든 일을 다 처리해 주는 부모들이 있는데
나는 그건 옳지 않다고 생각한다.

자녀에게 좋은 것만 주고 싶은 마음은 이해하지만
좋은 것만 주려고 실패 경험을 차단하는 일은
너무나도 모순적인 행동이다.
실패 경험도 아이들 삶에 꼭 필요한

'인생에 좋은 것'이기 때문이다.

부모가 자녀의 인생을 대신 살아주지는 못한다.
살면서 실망과 좌절과 아픔을 무수히 맞게 될 텐데
그걸 대신해 줄수록 아이는
혼자 일어서지 못하는 사람이 될 것이다.
자존감 높은 단단한 사람이 되는 쉬운 방법은 없다.
힘든 시기를 혼자 견디고 이겨내야만 한다.

나는 딸들이 어릴 때부터
경제적 지원은 대학교 졸업 때까지라고 말해두었다.
그리고 첫째가 취직한 이후 실제로 용돈을 끊었다.
둘째가 졸업을 1년 남겨두었을 때는
진로를 확실히 정하지 않은 상태였다.
인턴도 해보고 이런저런 것에 도전해 봤는데
아직 자신이 무엇을 하고 싶은지 찾지 못한 것이었다.

나는 둘째에게 말했다.
"그래. 지금 하는 일이 너와 맞지 않을 수도 있지.
그러면 다른 걸 좀 더 찾아봐."

그리고 얼마 후 둘째는 하고 싶은 일을 찾았으니
경제적으로 지원해 주면 안 되냐고 물었다.
나는 둘째에게 이렇게 말해주었다.

"네가 뭘 하든, 하고 싶은 일을 하기 위해서는
한 사람으로서 기본적으로 책임져야 할 부분이 있어.
그러기 위해서는 노동이 필요해.
하고 싶은 일이 뭐가 되었든 엄마는 신경 쓰지 않아.
대신 너의 열정을 보여줘.
열심히 노력했는데도 불구하고 모자란다면
그때는 엄마가 도와줄게."

어려울 때 일부 도와줄 수도 있지만
일단 기본적인 생계는 스스로 해결할 수 있어야 한다는 것을
가르쳐주고 싶었다.
앞으로는 그럴 일뿐일 테니, 성인으로서의 시작을
제대로 배우게 해주고 싶었던 것이다.

나는 아이가 하고 싶은 일을 하기 위해
때로는 하기 싫은 일도 해보고
그럼으로써 자신이 고생을 견딜 수 있을 만큼의 열정이 있는지

스스로 깨닫게 되기를 바랐다.

어려움 없이 20대를 보냈던 나는
집안이 휘청이고 갑자기 인생의 격랑을 맞게 되면서
어찌할 바를 몰랐다.
한 번도 이런 경험이 없으니
뭘 어떻게 해야 하는지 알 수 없었다.
밀어닥치는 현실들을 가까스로 쳐내면서 그런 생각을 했다.
'우리 아이들한테는 나중에 내가 없더라도
스스로 홀로 살아갈 수 있는 능력을 키워줘야겠다.'

부모로서 아이가 성인이 될 때까지 보호해 주는
보좌관의 역할은 해줄 수 있지만,
평생의 조력자가 되어서는 안 된다.
어느 순간에는 스스로 세상에 나아가야 하기 때문이다.
비바람을 대신 맞고 보호해 주는 게 아니라
직접 비바람에 맞서면서 깨닫고 배우며
자존감이 높은 사람이 되기를 바랐다.

물론 시간도 오래 걸리고 부침도 많을 것이다.
하지만 그 과정으로 인해 단련되며

점점 단단한 사람이 되어갈 것이다.

이제 막 세상에 나아가기 시작한 딸들이
그렇게 스스로를 책임지는 독립적인 사람이 되기를
지금도 간절히 바란다.

아버지의 마음

얼마 전에 아버지가 돌아가셨다.
장례식장에는 참 많은 사람들이 찾아와서
아버지의 마지막 길을 지켜봐 주었다.
생전 아버지와 친하게 지내셨던 분들은
나를 보자마자 이렇게 말씀하셨다.

"네가 딸인 희진이구나.
아버지가 네 얘기를 얼마나 많이 하셨는데.
많이 믿고 자랑스러운 딸이라고 하셨다."

(서울 남산, 2002)

나는 깜짝 놀랐다. 내가 아는 아버지는 참 무뚝뚝하셨다.
그러나 그만큼 정직하고 꼿꼿한 분이었다.
그리고 끔찍한 효자시기도 했다.

내가 4살 때 아버지는 집에서 5분 거리 근처로
조부모님을 이사시켜 드렸다.
그리고 출근하시면서 한 번, 퇴근하시면서 한 번
그렇게 5분씩 매일 부모님의 얼굴을 뵙고 오셨다.
아버지는 늘 말보다는 행동으로 보여주는 분이셨고
그런 모습이 너무 대단하고 멋있어서
나도 그런 아버지를 닮아보려고 했던 것 같다.

8남매를 두신 친할머니는 말년에 치매에 걸리셨다.
아주 귀여운 치매였다.
TV에서 뉴스가 진행되고 앵커가 화면에 비치면
"아이고, 네. 네" 하시면서
커피 잔을 TV 앞에 갖다 놓으시고
가끔 여러 명의 출연자가 나오는 좌담회 같은 경우는
사람 인원 수대로 커피 잔을 내어오셨다.
사진 속 본인의 자식을 보시곤
숟가락으로 우유를 떠서 사진 앞에 갖다 대셨다.

마치 입을 벌리라는 듯이.
그때 철이 없었던 나는 할머니가 너무 이상하다고 생각했다.
그럼 아버지는 되레 "참 귀여우시지 않냐"고 말씀하셨다.

세월이 흘러 아버지도 치매에 걸리셨다.
아버지가 마지막까지 기억했던 단어는 '김희진'.
내 이름이었다.
어느 날 그 이름마저 기억 못 하시는 날이 왔을 때
시간이 얼마 남지 않았다는 예감이 들었다.

내가 이혼한 후 아버지는 36세의 아직 한창 젊은 딸에게
여자로서 새로운 인생을 살라는 말을 한 번도 하지 않으셨다.
힘들었던 동안에도 내내
"네가 두 아이를 잘 뒷받침해야지"라는 말씀만 하셨다.
좀 서운하기도 했지만, 나 역시 같은 생각이었기에
별다른 의미를 두진 않았다.

그런데 시간이 한참 지나고 재작년 여름 무렵,
아버지는 방에 들어와 침대 밑자락에 누우시더니
젊을 적 사업할 때 사용하셨던 단어들을 섞어
어눌한 말투로 갑자기 말씀하셨다.

"너도 좋은 남자를 잘 선정하는 거야.
그렇게 일을 잘 처리해야지.
난 이제 80이 넘어서 신경 쓸 것 없어.
빨리 죽으면 되는 거야. 아이고, 힘들다."

그제서야 나는 아버지의 진짜 마음을 알게 되었다.
항상 딸을 안타깝게 여기셨지만,
엄마로서 자식을 돌보는 게 먼저라고 생각하셨기에
돌아가시기 전에야 그 속마음을 말씀하실 수 있었던 것이다.
많이 놀랐고 슬펐다. 그리고 아버지의 마음을
이제야 헤아릴 수 있었다.

하늘같이 높고 강했던 아버지.
점점 애기가 되면서도
어른스러움을 끝까지 놓지 않으려는 모습을 지켜보며
참 많이 속상했고 애처로웠고 힘들었다.

30~40대의 내가 아이들을 위해 힘을 내 살았다면
40~50대는 아버지를 좀 더 평온하게 모시기 위해
힘을 내었던 것 같다.
아버지가 할아버지 장례식에서 눈물을 흘리지 않았던 것처럼 나도 아버지 장례식에서 눈물을 흘리지 않았다.

아버지는 내 마음속에 살아계신다.

그래서인지 슬프지 않다.

이젠 걱정과 아픔 없이 영면에 드셨기에

나 역시 평온할 따름이다.

열심히 산 흔적

아버지를 생각하면 나는 주로
꼿꼿하고 카리스마 넘치는 모습이 떠오른다.
생전에 바다낚시와 담배를 즐기셨던 아버지는
특히 시가를 좋아하셨다.
어느 날 나는 아버지에게 하고많은 것 중에
왜 하필 시가를 피우시냐고 물었다.
그때 아버지의 말씀이 아직도 기억난다.

"시가는 아주 건방진 담배야."

(뉴욕주, 2000)

시가는 두꺼운 만큼 건방져 보이는 담배인데,
시가를 피워도 건방지다는 소리를 안 들으려면
그 정도의 업적이 있어야 한다는 말이었다.
즉 시가를 피우려면 시가의 멋을 즐길 자격이
필요하다는 뜻이리라.

아버지에게 시가는 그만큼 열심히 살아온
스스로에 대한 훈장과도 같았다.
아버지와 시가는 정말이지 너무나도 잘 어울렸다.

아버지의 치매가 막 진행되기 시작할 무렵,
어느 날 아버지가 곁에 오시더니
나에게 가만히 담배를 건네주셨다.
"희진아, 너 이거 해라."

나는 깜짝 놀라 아버지에게 되물었다.
"아버지! 이거 담배예요. 아버지, 정신 차리세요.
저 아버지 딸 희진이예요."

그랬더니 아버지는 아무렇지도 않은 표정으로
이렇게 대답하셨다.

"어, 이거 아주 좋아. 아주 좋은 거야.
내가 성냥불을 붙여줄까?"

그때 나는 정말 아버지에게 큰일이 났다고 생각했다.
치매가 심해지셔서 노망이 나신 거면 어쩌나.
딸에게 담배를 권하다니.
걱정스러운 마음에 가까운 친구에게 이 사실을 토로했다.

"큰일 났어. 아버지가 갑자기 담배를 가져오더니
좋은 거라고 나한테 하래.
우리 아버지 이제 어쩌면 좋니?"

그때 친구가 나에게 했던 말이 잊히지 않는다.

"언니, 그게 무슨 큰일이에요. 아버지가 그러시면
'그래? 아빠 어디 봐, 아유 맛있겠네' 하면서
고맙게 받으면 되죠."

그 말을 듣자 딸에게 담배를 권한
아버지의 마음이 새롭게 느껴졌다.
자신이 좋아하는 걸 좋아하는 딸에게 주고 싶은

순수한 사랑의 마음.

언제가 꿈에서라도 기회가 있다면
시가를 피우던 꼿꼿한 아버지를 다시금 만나고 싶다.
그때는 나도 아버지와 마주 앉아
좋아하시던 시가에 성냥불을 붙여드릴 수 있지 않을까.

딸의 결혼식

얼마 전 둘째의 대학 졸업식에 참석하기 위해
뉴욕행 비행기에 탔다.
긴 비행시간을 어떻게 보낼까 고민하다가
〈티켓 투 파라다이스〉란 영화를 틀었다.
20년 전에 이혼한 부부가 주인공인데,
대학 졸업 여행을 간 딸이 발리에서 처음 만난 사람과
갑작스럽게 결혼하겠다고 선언하면서
벌어지는 일들이 담긴 로맨틱 코미디였다.

영화 속에서 이혼한 부부는 딸의 결혼을

축하해 주러 온 척하면서
어떻게든 그 충동적인 결혼을 막으려고 한다.
비슷한 나이의 딸을 둔 부모의 입장에서
나 역시 굉장히 공감했다.
하지만 한편으로는 이건 말린다고 되는 일이
아니라는 것도 알고 있었다.

만약 우리가 오늘 하루만을 산다면
그 결혼을 축복해 줄 수 있을 것이다.
그러나 딸의 어린 나이, 너무 짧은 연애 기간,
남편이 될 사람과의 너무나도 다른 가정환경 등
부모에게는 반대할 이유가 너무나 많다.

심지어 시카고의 큰 로펌에 취업까지 했는데
갑작스럽게 결혼해 발리에서 새로운 삶을 시작한다니.
보통의 부모라면 반대할 수밖에 없지 않겠는가.

나 역시 딸들을 생각하며 한껏 감정을 이입했다.
지금은 상대방이 완벽해 보이고
한눈에 반해버렸겠지만
그 모든 것을 경험해 본 중년의 입장에서

그 마음이 5년 후, 아니 당장 1년 후만 해도
어찌 될지 모르는 것이다.
이런 철부지 같은 딸을 어쩌면 좋을까.

결혼하는 순간, 결혼식 당일은 정말 행복할 것이다.
그렇기 때문에 오늘 하루만 산다면
결혼을 반대할 이유가 없다.
하지만 우리는 내일도, 한 달 후도,
그리고 일 년 후에도 살아야 한다.
일 년 후에도 과연 결혼식을 올렸던 날과 똑같이 행복할까?
부모는 그렇지 않다는 걸 이미 경험했기에
자식을 말릴 수밖에 없다.

그러나 사실 부모의 역할은 자식을 말리는 것이 아니다.
(사실 말린다고 말려지지도 않는다.)
부모로서 자녀가 결정한 행복한 순간을 함께 보내고
든든한 지원군이 되어주는 게 첫 번째다.
만약 부모인 나에게 조언을 구한다면
그때 솔직한 나의 생각도 얘기해 주면 된다.
인생의 좌충우돌은 부모가 말릴 수 없고,
스스로 겪어야만 깨닫게 되는 행복도 있다.

결혼을 앞둔 모든 딸들에게 진심을 담아
해주고 싶은 얘기가 있다.
높이 올라갈수록 더 낮은 곳으로 떨어지는 자연의 이치처럼
현재가 더 기쁘고 행복할수록,
또 행복에 대한 기대가 많을수록
힘든 순간이 찾아왔을 때 더 쉽게 불행에 빠질 수 있다.

결혼식은 처음으로 둘만 주인공이 되는
아주 특별한 날이다.
그러나 인생은 언제나 뜻대로 되지 않기에
머잖아 갈등이 생겨나고 시련이 찾아올 수 있다.
오해가 생기면 서로 지켜봐 주고 믿어주며
존중하고 신의를 지켜나가는 것이
진짜 결혼 생활이다.

결혼식은 혼자일 때보다 더 행복해지기 위해
훨씬 더 많은 노력을 기울이겠다는 다짐을 새기는 의식이다.
화려한 시작은 단 하루만의 결혼식으로 끝날 것이다.
앞으로는 즐거운 날과 힘든 날이 번갈아 찾아오고,
생각지도 못한 곳에서 시련이 생길지도 모른다.
그렇더라도 서로 존중하고 믿기로 했던

결혼식 당일의 의지와 다짐을 상기하며
그렇게 하루하루 살아가면 된다.

사랑으로 시작한 관계는 사랑만으로 유지되지 않는다.
우정과 팀워크, 의리, 믿음 등을 쌓아나가다 보면
둘 사이에 그 모든 에너지들이 존재함으로써
서로에게 좋은 배우자가, 좋은 가족이 되어줄 것이다.

교집합에서 합집합으로

최근 우리 가족의 관계가
예전과는 달라졌다는 걸 느낀다.
아마 아이들이 모두 성인이 되어서일 터다.
서로 떨어져서 살다 보니,
이제 다들 훌쩍 커서 각자의 삶을 살고 있다는 것을
잊고 살았다.

두 딸과의 관계가 바뀌었다는 사실을 실감한 건
아이들과 이 책에 대해 이야기를 나누었을 때였다.
유튜브 채널을 처음 시작할 때도 그랬지만

책을 쓰면서도 가장 고민했던 지점은
'두 딸의 이야기를 어느 정도까지 써야 하는가'였다.

내 삶 안에는 아이들이 있으니,
나에 대한 이야기를 꺼내려면 필연적으로
아이들 이야기도 포함해야만 했다.
그러나 아무리 내가 엄마일지라도
허락 없이 그들의 이야기를 맘대로
공개할 수는 없는 일이다.

그래서 처음 유튜브 채널을 만들고
영상을 찍을 때도 언제나 두 딸의 의견을 물었다.
스스로 드러내기 싫은 부분을 억지로 꺼낼 필요는 없다.
혹자는 이것을 '겁이 많다'라고 생각할 수도 있지만
나는 가족 사이에서 지켜야 할 예의라고 생각한다.
우리 모두에게는 자신만의 세상이 있고,
그 안에는 드러내고 싶지 않은 부분이 분명 있기 때문이다.

그래서 이번 책을 쓸 때도 같은 생각을 했다.
원고를 쓴 다음 두 딸에게 꼭 보여줘야겠다고 다짐했다.
내 삶이지만, 그들의 삶이기도 하니

일종의 허락을 받고자 한 것이다.

그런데 이번에 원고 뭉치를 들고
딸들을 만나러 미국에 갔을 때 나는 조금 당황했다.
그다지 관심이 없는 게 아닌가!
책을 쓴다고 하면 여러모로 꼼꼼하게 따질 줄 알았는데
오히려 아이들은 "그건 엄마의 인생이니까!"라며
책에 담길 내용을 딱히 궁금해하지 않았다.

나는 그제서야 첫째와 둘째가
정말 어른이 되었다는 사실을 깨달았다.
가족이라는 좁은 관계에서 벗어나
더 넓은 자신만의 세상이 생겼기 때문에
엄마인 나의 인생도 그저 하나의 삶으로
온전히 받아들인 것이었다.
이렇게 우리는 각자의 인생을 살아가고 있었다.

물론 서로에게 관심이 줄어들었다거나
애정이 덜해진 것은 아니다.
그저 가족과 자신을 동일시했던 마음이
이제는 서로의 삶을 공유하고 응원하는 마음으로

한 단계 발전한 것이다.

내가 아이를 키우며 목표로 삼았던 것은
아이들을 잘 '독립'시키는 것이었다.
넘어져 보기도 하고, 몸으로 부딪쳐 보기도 하며
자신의 삶을 직접 찾아나가는 한 명의 어른.
그런 점에서 본다면 지금까지는
꽤 성공적이라고 할 수 있겠다.

어쩌면 우리는 교집합에 속한 것만이
관계의 유일하고 유의미한 면이라고 생각한다.
그러나 진짜 건강한 관계란
합집합으로 이루어진 모든 것을
잘 받아들일 수 있는 관계 아닐까.
서로의 삶을 있는 그대로 인정하는 것.
존중과 신뢰는 여기에서 시작된다.

열두 살의 생일 카드

나는 생일을 잘 안 챙기는 편이긴 하지만
아직도 가끔 떠올리는 생일의 기억이 있다.

첫째가 열두 살이 되던 해였고,
당시 내 나이는 마흔 셋이었다.
아이는 엄마의 생일을 축하한다며
거의 자신의 몸통만 한 커다란 종이 양면에
글씨를 빼곡하게 적어 활짝 웃으며 건네주었다.

벌써 10년도 더 되었지만 나는 아직도 그때 받은

생일 축하 카드를 소중히 간직하고 있다.
그 카드를 볼 때마다 첫째의 밝고 따뜻한 마음이
내 가슴에 퍼지는 것을 느낀다.

돌이켜 보면 나 혼자 아이 둘을 키울 수 있었던 건
사려 깊은 첫째 덕분이었다.
동생에게 언니의 역할을 넘어
엄마의 역할까지 해주었던 것이다.
둘째에게는 마치 엄마가 둘에,
언니가 추가로 있었던 셈이라고 할 수 있겠다.
그래서 나는 둘째를 덤으로 키웠다는 생각을 할 때가 많다.

섬세하고 여린, 따뜻한 마음을 지녔지만
나를 닮아 감정 표현에 덤덤한 둘째와 달리
첫째는 정말 표현을 잘하는 아이였다.
무뚝뚝한 엄마에게 늘 더 표현해 달라고 먼저 말해주고,
미국 학교에서 하나뿐인 동양인이라고 놀림을 받아도
놀리는 아이가 이상한 거라고 씩씩하게 웃어넘기는,
엄마인 내가 보아도 강단 있고 활발한 성격이다.

아이가 준 생일 카드에는 '우리가 엄마를 사랑하는 이유'를

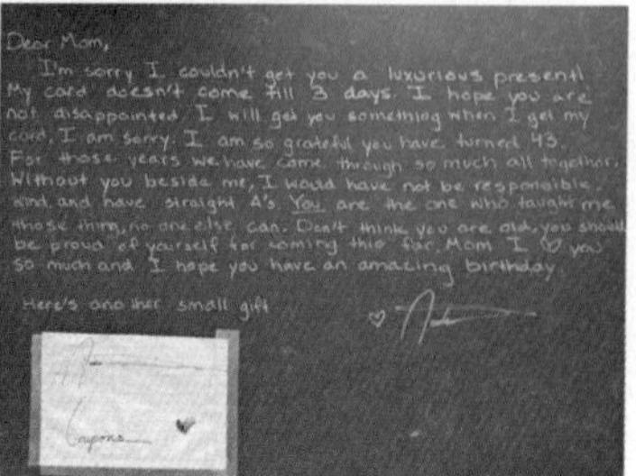

우리가 엄마를 사랑하는 20가지 이유

---

1. 우리 엄마니까
2. 엄마의 인생을 우리에게 헌신했으니까
3. 엄마는 항상 노력하니까
4. 엄마는 절대로 포기하지 않으니까
5. 엄마는 우리의 세상이니까
6. 엄마는 어메이징한 부모니까
7. 엄마는 우리를 용서하니까
8. 엄마는 우리를 지켜주니까
9. 엄마는 우리를 사랑하니까
10. 엄마는 자신감이 있으니까
11. 엄마는 언제나 우리를 믿어주니까
12. 엄마는 책임감이 있으니까
13. 엄마는 우리를 편안하게 해주니까
14. 엄마는 절대 남을 험담하지 않으니까
15. 엄마는 항상 긍정적이니까
16. 엄마는 어떤 일이 있어도 우리를 위해 그곳에 있으니까
17. 엄마는 우리를 있는 그대로 받아들이니까
18. 엄마는 선물보다 마음을 더 중요하게 여기니까
19. 엄마는 항상 끝까지 최선을 다하니까
20. 결론적으로 엄마는 지난 12년 동안 친절과 헌신, 사랑을 우리에게 나눠줬고 그것만으로도 충분한 이유야!

무려 20개나 적어놨는데 하나하나 살펴보면
첫째의 성격을 그대로 담고 있어서 참 재미있다.

첫째는 직장인이 된 지금도 나에게
미주알고주알 많은 이야기를 한다.
어떨 때는 영상 통화를 켜놓고 출근 준비를 하기도 하는데,
하루의 시시콜콜한 이야기부터 자신의 현재 감정 상태까지
하고 싶은 말이 끝없이 쏟아진다.
가끔은 뭘 이런 것까지 이야기하나, 싶기도 하지만
그래도 아직 나를 뭐든지 털어놓을 수 있는 엄마로
믿고 의지한다는 게 기쁘다.

어릴 적부터 내가 아이들과 소통할 때
가장 중요하게 생각했던 것은 '듣기'였다.
어떤 상황에서도 '굿 리스너'가 되기 위해 노력했다.
아이를 키우다 보면 하루에도 몇 번씩은 화가 나기 마련이라
일단 귀를 닫고 아이를 혼내게 된다.

하지만 모든 것이 처음인 아이들이
말썽을 일으키지 않고 얌전히 지낼 수는 없다.
실수도 하고 잘못도 하면서 배우는 게 당연하다.

실수를 할 때마다 부모한테 혼이 난다면
아이들은 속내를 털어놓지 않고 마음을 닫는다.
부모와 자식 간의 대화가 단절되는 것이다.
부모와 대화하지 않는 아이는 아직은 경험이 부족한
또래 친구들에게서만 답을 구하려고 한다.

부모가 아이와 관계를 맺을 때
제일 먼저 해줘야 하는 것이 '들어주기'다.
가장 믿고 의지하고 의논해야 하는 상대인 부모에게
자신의 잘못을 편하게 얘기하지 못한다면,
아이는 어디에 기댈 수 있을까?

물론 이는 모든 인간관계에 적용된다.
우리는 잘 들어주는 사람을 다정한 사람이라 느낀다.
상대방의 마음을 열게 만드는
가장 좋은 방법은 '듣기'에 있다.

소중한 사람이 건네는 사소한 말들을 흘려보내지 말자.
환하게 웃으며 건네는 그 말들을 잘 모아두면
당신의 마음속에도
햇살처럼 따뜻한 다정함이 가득 쌓일 것이다.

둘째의 사랑

둘째가 다녔던 유치원에서는
크리스마스를 맞아 부모들을 공연에 초대했다.
아이들이 준비한 장기자랑을 다 함께 보는 것이었다.
여느 부모들처럼 아이의 동영상을 찍었던 나는
나중에 영상을 돌려보다가 깜짝 놀랐다.
두리번거리며 엄마를 찾던 둘째는
나를 발견한 순간 환하게 웃다가
갑자기 울상을 짓고 있었다.

"이때 무슨 일 있었어? 표정이 왜 그래?"

아이에게 물어보니 엄마가 맨 뒤에 서서
키 큰 아빠들을 피해 팔을 높이 뻗은 채
카메라를 들고 있던 모습이 너무 속상했다고 한다.
맨 앞의 좋은 자리는
부지런한 엄마들이 이미 차지하고 있어서,
나는 아빠들과 함께 서 있었던 것이다.
마음이 여린 둘째는 어릴 때부터
이렇게 엄마를 많이 걱정해 주었다.

그동안 나는, 언제나 엄마가 가장 강한 사람이라고
믿었던 첫째가 있어 그 기대를 저버리지 않아야 한다는
각오를 다질 수 있었다.
반면 둘째는 나를 애처로워하는 마음이 가득했다.
그런 둘째의 마음은 가끔 나 스스로를
돌아볼 수 있게 만들어주었다.

스윗니모를 창업하고 난 후
본격적으로 영업을 하러 다녔을 때의 일이다.
나는 미국, 한국 가릴 것 없이
내가 만든 제품을 팔면 좋겠다 싶은
식당이나 카페가 있으면 주저하지 않고 들어가

제품을 시식해 달라고 말했다.

처음에는 거절당했을 때의 내 모습이 초라해 보이고
자존심도 무너지는 것 같아 너무 떨렸다.
그러나 한 번이 어려울 뿐 두 번, 세 번부터는 점점 쉬워졌다.
여러 번을 거듭하다 보니 요령이 생겨
너스레도 떨 수 있게 되었다.

스윗니모 공장이 성수동에 있었는데
마침 그때 성수동이 힙한 곳으로 부상하고 있었다.
나는 기회다 싶어 성수동 카페를 돌아다니기 시작했다.
심지어 두 딸아이에게 성수동 카페를
구경 가자고 말한 다음 함께 다녔다.
나는 좋은 카페를 발견할 때마다
아이들을 잠시 옆에 세워두고
카페 직원을 붙잡고서 샘플과 명함을 건넸다.
맛보고 관심이 있으면 꼭 연락해 달라는 말도 잊지 않았다.

어떤 카페는 친절했지만
다른 곳에서는 잡상인 취급을 받기도 했다.
마음은 조금 상했을지언정 부끄럽지는 않았다.

(서울, 2006, 크리스마스 공연에서 날 보고 찡그린 둘째(위)/ 뉴저지주, 2004(아래))

내 제품과 나 자신에게 떳떳했기 때문이었다.
많은 사람이 오는 카페에 내가 만든 제품을 입점시키는 것이
지금 내가 할 수 있는 유일한 홍보였기에 절실했다.

하지만 지금 돌이켜 보면 그때 실수했던 것 같다.
나 자신은 괜찮았을지라도
엄마가 잡상인 취급을 당하는 모습을
아이들이 봤을 때 어떻게 느낄지는 생각하지 못했던 것이다.

오랜 시간이 지난 뒤에야
둘째가 그때의 이야기를 해주어서 알게 되었다.
여린 둘째의 눈에는 엄마가 너무 안쓰럽고 불쌍했다고 한다.
속으로 계속 눈물이 났다고.
나의 무지함에 어린 아이에게 상처를 남겼구나 싶었다.
아이들을 데리고 가는 게 아니었는데.
왜 그때는 미처 헤아리지 못했을까.

스스로는 당당하다고 했지만
한편으론 얼굴에 철판을 깔고
혼자 주절주절 영업을 할 자신이 없어서 그랬던 걸까.
'나 이렇게 예쁜 두 딸을 가진 엄마인데

이건 그런 내가 직접 만든 제품이야'라고
얘기하고 싶었던 걸까.
아니면 든든한 내 편이 뒤에 있으면
조금 더 나아 보일 거라고 이기적인 생각을 했던 걸까.

이번에도 둘째의 사랑 덕분에
또 한 번 나를 돌아볼 수 있었다.
내가 일하는 이유는 딸들을 지키기 위해서였는데
그때 나는 우선순위를 잃어버리고 말았다.
다시는 잊지 않아야 한다.
소중한 사람에게 상처를 주는 일은
올바른 책임감이 아니라는 것을.

꽃길만 걸을 수 없으니까

두 딸아이와 미국 생활을 시작한 지 얼마 안 됐을 때다.
놀이터에서 노는 두 아이를 바라보며 잠시 쉬었다.
발그레한 뺨으로 시소를 타는 모습이
어찌나 예쁘던지 넋을 놓고 바라보았다.
둘이 사이좋게 번갈아 오르락내리락하는 모습을 보는데
문득 이런 생각이 들었다.

'인생은 시소 같아서
올라갈 때가 있으면 내려가는 때도 분명 올 텐데
두 아이가 잘 헤쳐 나갈 수 있을까.'

두 딸은 내 배로 낳은 아이들이기도 하지만
언젠가는 나와 같은 나이가 될 여자이기도 하다.
살아가면서 내가 겪었던 일들 중에 몇 가지는
비슷하게 겪게 될 터였다.
그건 좋은 일일 수도 있고 나쁜 일일 수도 있다.

어느 날 밤, 다음 달 식비를 고민하며
깊은 생각에 잠긴 나에게 두 아이가 다가와 물었다.
"엄마, 우리 집이 예전에는 진짜 부자였어?"

나는 잠시 고민하다가 솔직하게 말해주었다.
"응, 맞아. 예전에는 그랬어. 하지만 지금은 아니야.
지금은 우리가 많이 어려운 상황이야.
하지만 엄마는 이게 기회라고 생각해.
우리가 함께 어려움을 넘어볼 수 있는 기회.
이 어려움을 잘 넘으면 우리는 앞으로
어떤 일이라도 다 이겨낼 수 있어."

그날 이후로 우리의 상황, 나의 감정, 지금 해야 하는 노력 등을
솔직하게 말해주고 딸들의 의견을 들었다.
내가 살면서 겪는 일들을 보여줌으로써

(버몬트주, 2004)

앞으로 내가 지나온 나이를 살아갈 딸들이
같은 어려움을 겪었을 때 무사히 잘 이겨내기를 바랐다.
말하자면 일종의 예방주사라고나 할까?

이 예측 불가의 세상을 살아가면서
고난과 풍파를 겪지 않는 사람은 없다.
그래서 나는 아이들에게 '꽃길만 걸어라'는 소리를
감히 하지 못한다.
꽃길만 걷는다면 나중에 갈대밭이나 자갈밭이 나왔을 때
어떻게 파헤쳐 가며 방향을 찾고
어떻게 그 길을 견뎌낼 수 있을까.

상대가 아이건 어른이건 내가 항상 하는 말이 있다.
"행복은 오는 게 아니라 찾는 것"이라는 말이다.
본인 스스로가 하고 싶어서, 되고 싶어서, 가고 싶어서,
그리고 얻기 위해서 노력하며 살아야
진정으로 '얻고 되고 가고 하게' 된다.

그래서 나는 아이들이 스스로 많이 넘어진 뒤 다시 일어나고,
슬퍼하고 또 극복하면서 단단해지는 법을 배우고,
현명하게 이 삶을 잘 살아가길 바랄 뿐이다.

오르락내리락 시소를 타던 두 딸은
이제 어른이 되어 각자의 방법대로 살아가기 시작했다.
자신 앞에 펼쳐진 자갈밭과 갈대밭을
스스로의 힘으로 헤쳐 나가고 있다.

꽃길만 걷는 완벽한 인생은 없다.
내리막을 걷고 있다면 빨리 내려가 바닥을 찍고 올라오면 된다.
반대로 오르막을 걷고 있다면
지금 내가 갖고 있는 것을 소중하게 여기면 된다.
그렇게 조금 더 자신을 믿고
어제보다 성장하는 오늘을 살아내면 된다.

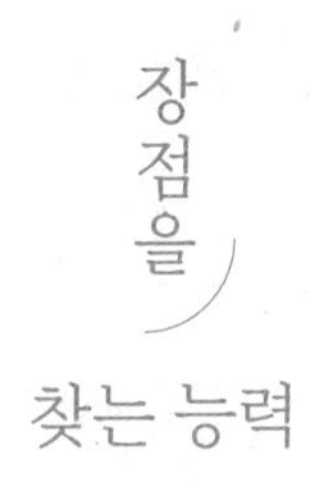

장점을 찾는 능력

나는 개인적으로 친밀한 관계에 있는 사람들이나
비즈니스로 만나는 사람들 모두 가릴 것 없이
비교적 잘 지내는 편이다.
누군가는 이를 두고 "네트워킹 능력이 좋다"라고
말하며 간혹 그 비결을 물어온다.

막상 들으면 별것 아니라고 실망할 수도 있겠지만
나의 비법은 딱 하나다.
바로 그 사람의 다양한 면 중에서
장점을 더 많이 찾으려고 노력하는 것이다.

예를 들어 어떤 사람이 10으로 구성되어 있다면
장점을 9, 단점을 1이라고 생각하고
아홉 개의 장점을 찾아내어 그것 위주로 관계를 맺는다.
물론 단점이 훨씬 많은 사람도 있지만
그 경우에도 가능한 한 장점을 찾고자 한다.

사실 나도 처음부터 그랬던 것은 아니다.
철없는 시절에는 장점 아홉 개보다는
단점 한 개에 더 집중해 사람을 판단하곤 했다.
그러나 다양한 상황과 사람들을 겪으며
관계의 소중함을 깨닫게 된 이후로는
충분히 존중할 만한 장점을 찾고 그것을 가장 크게 본다.

다만 관계를 끝내는 명확한 기준도 있다.
바로 그 사람의 단점이 장점을 지배한다고 느낄 때다.
이런 경우에는 더 이상 관계에 미련을 갖지 않는다.

세상에 완벽한 사람은 없지만
반대로 배울 점이 하나도 없는 사람도 없다.
각각의 장점을 모아서 내 삶에 맞게 활용하면
세상 모든 관계에서 배울 점을 찾을 수 있다는 게

나의 지론이다.

우리가 선생님 혹은 가르침을 주는 사람을 존경하는 것처럼
누군가에게 무엇을 배운다고 생각하면
그 사람을 존중하고 존경하는 태도를 갖게 된다.

굳이 장점을 칭찬하거나 말로 표현하지 않아도
존중과 존경의 태도는 행동에서 느껴지게 마련이다.
상대방이 나를 그렇게 대하는데
어떻게 관계가 틀어질 수 있겠는가.
그러니 만약 누군가와 잘 지내고 싶다면,
우선 그 사람의 장점부터 찾아보라.

여기서 한 가지 비밀을 말하자면,
사실 관계가 좋아지는 것은
장점 찾기의 부수적 효과에 가깝다.
즉 관계보다 나 자신의 성장에
훨씬 더 도움이 된다는 뜻이다.

만나는 모든 사람의 장점을 배울 수 있으니
새로운 누군가를 만날 때마다

나는 또 성장할 수 있는 기회를 얻는다.

이렇게 생각하면 어느 순간부터

새로운 사람을 만나는 시간이

두려움과 긴장, 피곤함을 동반한 시간이 아니라

건강하게 설레는 시간이 될 것이다.

4장

당당함

실패해도 괜찮다

누구나
처음은 어설프다

누구에게나 처음이 있다.
세상에 태어나는 것도, 살아가는 것도
모두 처음 겪어보는 일이기 때문에 당연하다.
그리고 누구나 처음을 주저하기 마련이다.
'내가 할 수 있을까?'
'못 해내면 어쩌지?'
걱정과 두려움이 시작을 더욱 어렵게 만든다.
나도 다르지 않았다.

출장 가던 아버지를 따라 처음 미국에 갔던 때의 일이다.

마침 그곳에 고모가 살고 있어서
며칠 동안 지낼 수 있었다.
하루는 고모와 함께 슈퍼마켓에 장을 보러 갔다.

각자 커다란 쇼핑 카트를 하나씩 끌면서
통로를 지나고 있었다.
진열된 물건에 한눈을 파느라
앞서 걷던 고모를 순간 놓쳐버리고 말았다.
고모와 나 사이에는 어떤 할머니가
쇼핑 카트를 비뚤게 세워두고 있었다.
그 할머니가 조금만 비켜주면 지나갈 수 있을 것 같았다.
'익스큐즈 미Excuse me'만 말하면 되는 상황이었다.
그런데 그 짧은 한마디가 도저히 입에서 떨어지지 않았다.

'내 발음이 이상하면 어떡하지?'
'저 사람이 내 말을 못 알아들으면
너무 창피할 것 같은데, 나를 무시할지도 몰라.'

나는 오만 가지 생각을 하며 우물쭈물하다가
그 자리에 못 박힌 듯 서 있을 수밖에 없었다.
잠시 후 내가 뒤에 없던 것을 알게 된 고모가 되돌아왔다.

(매사추세츠주, 1991)

뭐 하고 있느냐고 묻는 고모의 얼굴을 보자마자
나도 모르게 울먹이고 말았다.

고모는 내 앞에 있던 할머니에게 '익스큐즈 미'라고 말했다.
할머니는 선뜻 카트를 비켜주었다.
그렇게 간단한 일이 나에게는 너무나 어려웠다.
그때 처음으로 작아지는 듯한 기분을 느꼈다.

나는 아직도 어떤 일을 처음 시작할 때,
어떤 상황을 처음 겪어 긴장이 될 때,
'익스큐즈 미'를 생각한다.
원어민처럼 발음하지 않아도 되고,
몇 번 더 말한다고 해서 문제될 것도 없었던,
그때의 슈퍼마켓을 떠올린다.
그럼 지금의 일 또한 별것 아닐 거라는 위안을 얻는다.

'익스큐즈 미.'
처음 한마디를 하는 건 누구에게나 어렵다.
하지만 한 번 입 밖에 내는 순간
두 번째, 세 번째는 분명 쉬워질 것이다.

도전이 두렵다면

지금 〈반짝이는 니모팸〉 채널의 콘텐츠를
함께 만드는 기획자는 나의 20년 지기다.
나와 같은 나이에도 불구하고
훨씬 트렌디하고 젊은 감각을 유지하며
다양한 콘텐츠를 기획하고 만들어내는 그 친구가
어느 날 뜻밖의 이야기를 해왔다.

"나는 늘 뭔가 새로운 걸 만들어야 하니까,
가끔 '내가 할 수 있을까'라는 생각에 힘들기도 해.
그때마다 네가 해줬던 얘기를 떠올려."

그 친구의 말로는 언젠가
이제 자신의 나이가 너무 많은데
계속 일을 할 수 있을지 고민하고 있으니
곁에서 내가 이렇게 말했다는 것이다.

"잊었어? 우리 5년 전에도 비슷한 고민을 했어.
지금 생각하면 그때도 어린 나이였잖아.
몇 년 후에는 지금도 어렸다고 생각할걸."

친구는 그 말을 듣고 머리를 한 대 맞은 것 같았다고 했다.
뒤이어 내가 덧붙인,
"지금 충분히 할 수 있으니까 나중에 후회하지 말고
감사하면서 하라"는 말이
그 이후로 힘들 때마다 용기를 주었다고.

친구의 말을 들으니 나도 어렴풋이 생각이 났다.
'감사하는 마음으로 도전하기.'
이는 도전이 두려울 때마다 내가 떠올리는 마음이자 태도다.
생각해 보면 이 마음 덕분에 50이 넘어 유튜브도 시작하고
지금 이렇게 책도 쓸 수 있게 된 것 같다.

조금 부끄러운 얘기를 해보자면
사실 20대 때의 나는 겁도 많고 포기도 빨랐다.
강인하고 밝은 이미지인 지금의 나를 생각하면 놀라겠지만
넘어져도 벌떡 일어나는 오뚝이 같은 성격은
그럴 수밖에 없는 상황이
나를 변화시킨 것에 가깝다고 할 수 있다.

나는 그래픽디자인을 전공했지만
대학교 2학년 1학기 때까지만 해도 패션디자인을 공부했다.
어려서부터 옷을 좋아했고 관심도 많았기에
자연스러운 선택이라고 생각했다.

그런데 막상 대학에 와서 공부해 보니
나보다 패션에 진심인 사람은 얼마든지 있었다.
그들의 열정에 비하면 나는 그냥 옷을 고르고 사는 일에
만족하는 소비자로만 남아야 할 듯했다.
자신감이 사라진 것이다.

"내가 어떻게 해. 난 쟤네 못 이겨. 여기서 살아남지 못할거야."

그러고는 패션보다는 덜 좋아했지만

더 잘할 수 있었던 그래픽디자인을 선택했다.
지레 겁을 먹고 패션디자인을 포기한 것이었다.
나의 첫 번째 포기였다.

두 번째 포기는 20대가 끝나갈 때쯤 찾아왔다.
그때 뉴욕의 유명 백화점에서 바이어로 일할 기회가 있었다.
해보고 싶다는 마음이 들었지만 동시에
새로운 일을 하기엔 내 나이가 너무 많게 느껴졌다.
'지금 이 나이에 내가 새로운 일을 해도 될까?'
그 생각에 스스로 움츠러들어서 기회를 흘려보냈다.

그 이후로도 나는 몇 번의 기회를 더 포기해 버렸다.
이번에는 한국에 새로 만드는 멀티숍 매장을
맡아서 운영해 달라는 제안이 왔다.
그때 나는 결혼하고 나서 얼마 지나지 않은 30대 초였고,
결혼을 했으니 아이를 낳아 키우면 일을 못 할 거라는 생각에
아쉬웠지만 제안을 포기했다.

시간이 지난 후 나는 이 모든 결정을 후회했다.
그 기회들을 잡았다면 지금쯤
다른 삶을 살고 있지 않았을까?

20대의 처음부터 서른이 넘는 나이까지
나는 내가 내렸던 대부분의 선택을 후회했다.
그때의 내가 내렸던 선택은 진정한 '선택'이라고 할 수 없었다.
겁이 나서, 혹은 두려워서 무엇인가를 포기하거나
도전을 피하는 길로 갔을 뿐이었다.

그렇게 겁이 많던 내가
혼자 두 아이를 키우겠다고 미국에 빈손으로 건너가고,
일면식 없는 수십 군데의 매장을 찾아가
내가 만든 초콜릿도 직접 영업하고,
심지어 지금은 유튜브도 찍고 있는 모습을 보면
스스로도 새삼 놀랍다.

'아, 내 안에는 도전을 선택할 수 있는 용기가 있었구나.'

사실 우리 안에는 나이에 상관없이
무엇이든 도전할 수 있는 패기 넘치고 강한 내가 숨어 있다.
그 모습이 언제 어떻게 나오게 될지 모를 뿐이다.

물론 그런 모습을 억지로 끌어낼 필요는 없다.
도전에는 실패가 따르기 마련이다.

힘든 일도 많이 겪게 될 것이다.
그러나 나는 한 시절을 후회로 보내기보다는
실패도 하고 고민도 하지만 도전하고 있는 지금이 더 행복하다.

그러니 실패와 힘듦을 견뎌낼
최소한의 준비가 되어 있다면
망설이지 말고 도전하자.
용기를 내자.

이불 속의 스탠드

나는 고등학교부터 대학원까지 미국에서 공부했다.
1969년생이니 그 시절엔 흔한 일이 아니었다.
지금은 부모가 먼저 자녀의 유학을 알아보는 경우도 많지만
반대로 그때는 유학을 가고 싶다고
어떻게든 엄격한 아버지를 설득해야 했다.

내가 학교에 다니던 시절에는 한 반에 70명씩 있었기 때문에
선생님이 학생을 일일이 관리하기가 어려웠다.
나는 그야말로 김 아무개 정도에 불과했다.

또한 학생 수가 워낙 많았기 때문에
몇몇이 수업 내용을 이해하지 못해도
그냥 넘어가기 일쑤였다.
암기과목은 그래도 어느 정도 잘할 수 있었지만
과학처럼 이해가 필요한 과목은 따라가기가 힘들었다.
심지어 나는 또래보다 1년 먼저 학교에 갔기 때문에
어디에 있어도 가장 작은 아이였다.
공부에도, 학교생활에도 흥미를 느낄 수 없었다.

그렇게 중학생이 된 어느 날,
일찍 유학을 떠났다가 한국에 돌아온 친구를 만나게 되었다.
그 친구에게서 듣는 유학 생활은 정말 놀라웠다.
교복도 안 입어도 되고
선생님과도 자유롭게 토론할 수 있다니.

수업마다 교실을 옮겨 다니는 것마저도
학생이 주도적으로 공부하는 환경처럼 보여서 부러웠다.
'외우기 싫고 배우고 싶다!'
유학을 가면 나도 그럴 수 있을 것만 같았다.

그날 이후로 나는 아버지를 설득하기 시작했다.

그전까지는 말 잘 듣는 착한 막내딸이었지만
꼭 유학을 가야겠다는 생각이 들자 절대 물러설 수 없었다.
어린 나이에 부모와 떨어져 살면 절대 안 된다고
반대하는 아버지를 중학교 2년에 걸쳐 설득했다.
그리고 마침내 고등학교는 미국에서 다닐 것을 허락받았다.

어렵게 가게 된 유학이니만큼
나는 공부에 집중하기 위해
기숙사가 있는 여자고등학교를 선택해 진학했다.
다만 여기서 단 한 가지,
내가 미처 생각지 못한 부분이 있었다.
바로 언어의 장벽이었다.
그때만 해도 영어 교육 수준이 낮았기에
중학교를 막 졸업한 내가 아는 것이라고는
고작 '아임 어 걸', '유아 어 보이' 정도였다.

미국에 가면 자연스럽게 영어를 배울 거라
생각했지만 큰 착각이었다.
수업 시간에 선생님이 말하는 내용의 반도 못 알아들으니
학습 진도를 따라잡을 수조차 없었다.
어머니에게 전화를 걸어 울면서 하소연을 했지만

어쩌겠느냐는 대답만 돌아올 뿐 뾰족한 수가 없었다.
그렇게 고집해서 온 유학이니
포기하고 돌아갈 수도 없는 노릇이었다.
이 상황을 혼자서 어떻게든 극복해야만 했다.

아무리 생각해도 다른 학생들처럼 지내서는
절대 나아질 수 없었다.
퍼뜩 〈하버드 대학의 공부벌레들〉이란 영화가 떠올랐다.
나는 그때부터 밤 10시가 되어 기숙사에 불이 꺼지면
이불 속에서 스탠드를 켜놓고 몰래 공부하기 시작했다.
그 정도는 공부해야 뭐든 해낼 수 있을 것 같았다.

하지만 여기에도 한 가지 문제가 있었는데
하필 내 룸메이트가 일찍 잠을 자는 아이였다는 점이다.
그 미국 아이는 아무리 내가 이불 속에서 공부해도
불빛 때문에 잘 수가 없다고 사감 선생님에게 항의했다.
결국 나는 공부할 시간이 필요하다고
선생님에게 사정을 솔직하게 말했다.
그 이후로 공용 공간에서 딱 한 시간만 더
공부할 수 있게 되었다.

그 시간 동안 온 정신을 집중했다.
일단 언어가 1순위였기 때문에
내일 수업에서 진도 나갈 부분을 미리 읽고
모르는 단어는 두꺼운 사전을 찾아가면서 전부 뜻을 써두었다.
처음에는 이게 의미가 있을까 싶었지만
다행히 다음 날 수업은 아주 조금 더 알아들을 수 있었다.
어젯밤에는 10퍼센트밖에 몰랐던 내용이
수업 시간 동안 50퍼센트 정도가 채워졌다.
그리고 숙제로 다시 한번 복습하자
80~90퍼센트는 확실히 내 것이 되었다.

그렇게 매일 예습과 복습을 반복하면서
조금씩 영어에도 익숙해지고
수업 진도도 따라잡을 수 있었다.

한국 학교를 다닐 때도 공부를 하긴 했지만
이렇게까지 절실하지는 않았다.
그러나 유학을 온 이상 내가 열심히 하지 않으면
아무것도 해결되지 않았기에 죽기 살기로 해야만 했다.

그렇게 한 학기가 지나자

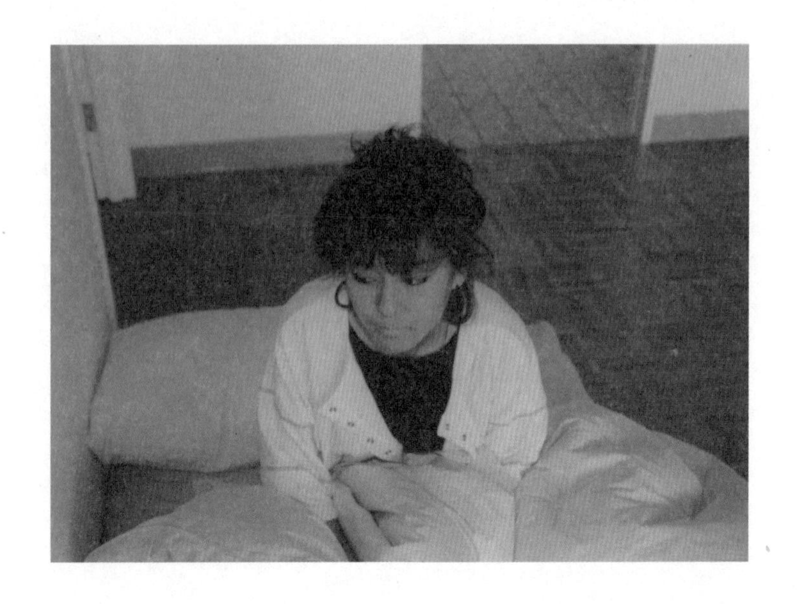

(매사추세츠주, 1986)

내가 가장 싫어하고 어려워했던 화학 과목에서
A+라는 성적을 받을 수 있었다.

이때의 경험은 '나도 할 수 있다'는 자신감을 몸에 붙여줬다.
마음만 먹으면 해낼 수 있다는 것을
처음 확인한 계기가 되어주었다.

내가 자주 하는 말이 있다.
'사람은 스스로 느끼지 않는 이상
변화의 필요성을 깨닫지 못한다.'
엄청난 잠재력을 지니고 있어도
그것이 발현될 기회를 만나지 못하면 퇴화되고 만다.
그리고 운 좋게 기회를 만나게 되더라도
최선을 다하지 않으면 아무것도 바뀌지 않는다.

세상에 그냥 얻게 되는 것은 없다.
원하는 게 있다면 스스로 쟁취해야 한다.
방법을 찾기 위해 밤을 새우고 고민하면서
굳은살이 박이는 경험을 통해 얻어내어야만
온전히 나의 것이라고 말할 수 있다.

요리의 즐거움

"저는 해본 적이 없어요."

"안 해본 일이라 못 해요."

유튜브 채널을 통해서 여러 사람들의 고민을 마주하다 보면,
간혹 이런 댓글을 보게 된다.
그동안 살면서 해본 적 없는 일을 갑작스럽게 해야 한다면
얼마나 두렵고 떨리는지 나 또한 잘 알고 있다.
삶의 여러 부분에서 그런 일들이 찾아오기 마련인데,
나에게는 '요리'도 그런 일 중 하나였다.

(매사추세츠주, 1988)

사실 나는 요리를 잘하지도 좋아하지도 않았다.
하는 방법도 잘 몰랐을뿐더러
해야 할 이유도 없었기 때문이다.
하지만 미국에서 아이들과 셋이 살게 된 이후로는
하루 삼시세끼를 모두 내 손으로 만들어야만 했다.

결국 절실함이 막막함을 이기는 법이라
나는 최선을 다해 우리 세 가족이 먹을 음식을 만들기 시작했다.
외식 비용이 부담스럽기도 했지만
한창 성장해야 하는 아이들에게는 무엇보다
영양이 고른 건강한 음식이 필요했기 때문이다.

어른인 나는 대충 먹을 수 있지만
아이들이 먹는 음식만큼은 소홀히 할 수 없었다.
그때 내가 즐겨 만들었던 것은
따로 반찬 없이 한 그릇에 완성하는 일품요리였는데,
다행스럽게도 아이들은 엄마의 요리를 맛있게 먹어주었다.
그리고 마저리의 집에서 일하기 시작한 후로는
좋은 식재료를 알아보는 눈도 생기고
요리 실력도 크게 늘었다.
그때의 경험은 여러모로 내 인생을 크게 바꾸어놓았다.

요리 실력이 늘면서 새로운 기회가 생겼는데
바로 토피넛 초콜릿 등 수제 간식을 만들어 파는 사업,
즉 현재의 '스윗니모'를 시작할 수 있었던 계기가 된 것이다.

간식도 음식이다 보니
내가 계속 요리를 하지 않았거나
할 줄 모르는 상태로 살았더라면
아무리 그게 맛있어도
직접 만들어 팔겠다는 생각은 못 했을 것이다.

요리를 잘할 수 있게 되고 웬만큼 자신감이 붙자
직접 만들어보고 싶다는 마음도 생겼다.
(심지어 요리에 얼마나 자신이 생겼는지
한국에 가서 레스토랑을 차려볼까 하는 생각을 한 적도 있다!)

누구나 해본 적 없는 일을 피하고 싶어 한다.
심지어 상황에 떠밀려 해야만 하는 경우라면 더욱 그렇다.
그 시절 나에게 요리란 그런 일이었다.
내가 잘할 수 있어서 한 일이라기보다
'아이들에게 영양소가 고루 담긴 식사를 챙겨줘야 한다'는
엄마로서의 책임에 가까웠다.

아이들과 따로 살게 된 지금은
요리를 자주 하지는 않게 되었지만
나는 아직도 내가 한 음식을 제일 맛있게 먹는다.
그리고 그 즐거움도 잘 안다.
내가 계속 요리를 좋아하는 사람으로 살 수 있는 이유는,
결국 사업으로까지 연결시킬 수 있었던 이유는,
요리가 억지로 한 일이 아니었기 때문이다.
오히려 나는 어색하고 어설펐던 요리 실력이
점점 느는 것을 보며 성취감도 느꼈다.
그래서 내가 할 수 있는 일이 하나 더 늘었다 생각하고
더 잘하기 위해 최선을 다했다.

무엇인가 새로운 일을 시작할 때
꼭 가져야 할 두 가지 자세가 있다.
첫째, 억지로 하지 않는 것.
둘째, 즐겁게 최선을 다하는 것.

만약 억지로 했다면 나는 내 요리를 좋아하지 않았을 것이다.
아이들 또한 기쁜 마음으로
엄마의 요리를 먹지 않았을 것이다.
처음 해보는 일에도 즐겁게, 최선을 다하다 보면

정말로 그 일이 좋아지는 순간이 온다.
하다 보면 잘하게 되고, 운이 좋다면 그 과정에서
숨겨진 내 재능, 취향, 그리고 성취감을
발견할 수도 있다.

처음 해보는 일이라 두렵다면,
과연 내가 할 수 있을지 고민된다면,
지금 이 경험이 내가 잘하고 좋아하는 일을 발견할
좋은 기회라고 생각해 보자.
그 기회가 우리 인생을 어떤 방향으로 이끌지는
아무도 모른다.

롤 모델 대신 예습과 복습

"니모님은 제 롤 모델이에요.
저도 항상 도전하는 멋진 인생을 살고 싶어요."

참 감사하게도 내가 롤 모델이라고
말해주시는 분들을 종종 만난다.
사람들이 털어놓는 고민에 내 나름대로 대답을 해주고
그간 살아오면서 깨닫게 된 것들에 대해
조언해 주다 보니 그렇게 된 것 같다.

가끔은 내가 사람들에게 조언을 해줘도 될까,

싶은 마음이 들 때도 있다.
나는 심리학을 전공하지도 않았고 상담을 공부한 적도 없다.
다만 크고 작은 어려움 속에서 해결책을 찾다 보니
그 과정에서 수많은 경험과 실수를 거듭하다가
지혜라고 할 만한 것을 배우게 되었을 뿐이다.

지혜는 지식과는 달라서 책이나 공부로 배울 수 없다.
살면서 연륜이 쌓일 때, 대처 방식이 번복되고 변할 때
얻을 수 있다고 생각한다.

나의 롤 모델은 누구였는지 묻는 경우도 있는데,
살면서 존경했던 훌륭하고 멋진 분들이 참 많지만
사실 나는 인생의 롤 모델을 따로 두지 않았다.
사람마다 상황이 다 같지도 않거니와
누군가를 롤 모델로 둔다는 행동 자체가
내게는 틀에 박힌 목표를 세우는 것 같았다.
그래서 롤 모델을 만드는 대신
나만의 방식으로 인생에 필요한 '하우 투How to'를 배워나갔다.

먼저, 주변 사람에게서 귀감이 될 만한 면을 발견하면
그 부분을 내 삶에 맞게 적용했다.

(바하마, 1988)

예를 들어 나는 미국 학부모로서의 하우 투를
마저리 부부에게서 배웠다.
하지만 그렇다고 온전히 그 사람처럼 행동하진 않는다.
마저리는 굉장한 열혈 엄마였기에
교육 측면에서 자녀를 잘 이끌었지만
학교생활에도 적극적으로 개입했다.
그처럼 나와 가치관이 다른 면이 있다면
마저리의 모든 면을 존중하고 그대로 인정하되
나에게 필요한 부분만을 배우면 되는 것이었다.

이것이 타인에게서 하우 투를 배우는 방법이라면,
나만의 하우 투를 만드는 방법도 있다.
바로 '예습과 복습'을 하는 것이다.
나는 살면서 예습과 복습이 정말 중요하다고 생각했다.
특히 인생에서 첫 도전이었던 유학 생활에서
예습과 복습의 필요성에 대해 뼈저리게 느꼈다.
정말 빤하고 기본적이지만
이만큼 효과가 확실한 것이 없었다.

예습과 복습은 인생에도 적용된다.
사람은 어떤 실수나 실패를 겪었을 때 그 경험으로 인해 다음에는 같은 실수를 반복하지 말아야겠다고 다짐한다.
다른 사람의 경험담을 책으로 읽거나 듣는 것처럼
아직 겪지 않은 일에 대해 미리 아는 게 예습이라면,
같은 실수를 반복하지 않는 건 복습이다.

여러분에게도 지금 나의 이야기가
충분한 예습이 되길 바란다.
물론 예습을 한다고 모든 어려움을
잘 넘길 수 있는 것은 아니다.
실전은 더 고되고 힘들다.
어디선가 걸려 넘어질 수도 있고,
생각보다 더 큰 힘듦이 찾아올 수도 있다.

하지만 우리에겐 아직 복습이라는 무기가 남았다.
복습은 온전히 내 것으로 만드는 시간이다.
지금 우리를 힘들게 하는 이 어려움이 끝난다면
다시 반복하지 않게끔 잘 복습하자.
그렇다면 이제 그것은 더 이상
내 삶의 어려움이 아니게 된다.

작은 실패에 대하여

〈반짝이는 니모팸〉 유튜브 채널이 유명해지기 시작한 계기는
내가 두 딸을 아이비리그에 합격시킨
싱글 맘이기 때문일 것이다.
많은 사람이 나에게 딸들을 명문대에 보낸 비결을 묻는다.
그러나 나는 한 가지 정정하고 싶은 게 있다.
바로 내가 딸들을 명문대에 '보낸' 것이 아니라
아이들이 스스로의 힘으로 '들어간' 것이라는 점이다.

그래도 굳이 비결을 꼭 꼽아달라고 한다면
나는 항상 똑같이 대답한다.

그저 아이들이 학생이라는 본분에 최선을 다하며
하루를 충실하게 보냈고 그렇게 매일 치열하게 공부했다고.
대단한 비법을 기대했던 사람에게는
너무 허무할 수 있겠지만 사실이 그렇다.
나는 아이들에게 명문대에 가야 한다고 압박하거나
비싼 입시 컨설팅이나 학원을 지원해 준 적이 없다.
그럴 만한 경제적인 여건이 되지 않기도 했지만
공부는 주변의 도움이 아니라 학생인 자신의 의지로
최선을 다해야 하는 것이라고 생각했기 때문이다.

명문대 합격이라는 결과만 보는 사람들은
아이들이 계속 승승장구만 해왔다고 생각한다.
하지만 사실 두 아이는 작고 수많은 실패들을
경험하면서 여기까지 왔다.
특히 고등학교 입시에서 좌절의 시간을 견뎌야 했다.

두 아이는 중학교까지 공립학교를 다녔지만,
나는 고등학교만큼은 사립학교에 보내고 싶었다.
건전한 공동체 안에서 가치관이 비슷한 친구들과 함께
자아를 찾아나가는 경험을 해보길 바랐던 것도 있지만
또 한 가지 이유는, 사립학교는 상대적으로

보호 관리를 중요하게 여기기 때문이었다.
쉽게 말하면 학교에서 학생들에게
좀 더 신경을 써준다는 것인데,
내가 워킹맘으로 일을 병행해야 했기에
학교의 커뮤니티 시스템이 나의 빈자리를
채워주길 바라는 마음이었다.

나는 여러 곳의 학교를 후보군으로 두고
딸들이 관심을 갖는 곳을 함께 방문해 둘러보았다.
선생님이나 재학생들과도 대화해 보면서
이 학교가 자기에게 맞을지
직접 생각해 볼 수 있는 시간을 주었다.
학교들을 둘러본 아이들은 높은 열의를 가지고
자신이 가고 싶은 학교 리스트를 만들었다.
그리고 각 학교의 기준에 맞게 열심히 입시를 준비했다.

그러나 운이 따라주지 않았는지
결국 두 아이 모두 가장 가고 싶은 학교에는 가지 못했다.
가장 원했던 곳에서 떨어졌다는 경험은
딸들의 인생에 첫 좌절을 안겨주었다.
그전까지는 거절을 당하거나,

자신이 한 노력의 대가를 받지 못하는 일이
거의 없었으니까 말이다.
탈락 결과를 듣고 속상해서 우는 딸들에게 내가 말했다.

"열심히 했는데 안됐으니까 속상할 수 있어.
하지만 멀리 보면 이건 아무것도 아니야.
너희가 그 학교를 합격하는 게 인생의 전부가 아니야.
이건 그냥 하나의 과정에 불과해.
이 과정 자체를 너희 스스로 해냈다는 게
얼마나 값진 건 줄 아니?"

비록 첫 번째로 지망했던 학교는 아니었지만
두 아이는 각자 진학한 학교에서 즐거운 학창시절을 보냈다.
최선을 다했으니 후회도 미련도 없었다.

나는 아이들이 좋은 학교에 합격하는 것보다
이 과정을 겪음으로써
일종의 예습을 했을 거라는 사실에 더 집중했다.
대부분의 학생은 대입을 준비하면서
처음으로 인생의 쓴맛을 보게 되는데,
지금 딸들이 그것을 미리 경험해 봄으로써

실패와 두려움에 익숙해지고 맷집도 키우기를 바랐다.

고등학교 입시 준비를 하면서
아이들은 여러 가지를 알게 되었다.
먼저 학교를 선택하면서 세운 기준을 통해
자신이 무엇을 원하는지, 무엇을 배우고 싶은지 생각했다.
그리고 자기소개서나 면접을 준비하면서
자신은 어떤 사람인지,
앞으로 어떻게 살고 싶은지에 대해 고민해 보았다.
어설프게나마 이 과정을 한번 겪어놓으면
대학 입시 때 한층 넓어진 시야를 가지게 될 것이다.

인생에서 언젠가 한 번은 좌절의 경험을 만나게 된다.
그 경험이 늦어질수록 대가가 더 혹독하다.
그러니 지금 겪어내는 실패와 좌절이
나쁜 것만은 아니다.

천문학자 심채경 박사가 어느 방송에서
실패에 대해 설명하는 것을 보았다.
NASA에서는 무엇인가 잘못했을 때
담당자를 자르지 않는다고 한다.

실패한 사람이야말로 그것을 가장 잘 아는 사람이자
그 문제를 해결할 수 있는 사람이라는 이유에서였다.
실패를, '똑같은 실수를 반복하지 않을 수 있는 값진 경험'으로
여긴다는 이야기를 듣고 크게 동감했다.

실수 혹은 실패, 그리고 고난이야말로
인생을 살면서 계속 겪어야 하는 가장 값진 경험이다.
그런 경험들이 있어야만 진짜 나를 찾을 수 있다.
실패는 어제보다 더 나은 오늘을 사는 사람이 되는 과정이며
오늘보다 내일이 조금은 더 나은 사람이 되는 과정이다.

나는 아직도 세상의 많은 반짝이는 딸들이
더 많이 실패해 보길 바란다.
실패하길 바란다니 조금 이상하게 들릴지 모르겠지만
실패를 많이 해봐야 깨닫게 되는 것이 있다.

실수해도 괜찮다.
실패해도 괜찮다.
잘못해도 괜찮다.
그 경험으로 배우고 깨닫는 게 있다면
그것으로 이미 충분하다.

(바하마, 1988)

두 번의 컨피덴셜 레터

공부를 하면서 가장 두려웠던 순간이 언제였냐고 묻는다면
나는 지금도 주저 없이 미국에서 대학원을 다니며
그래픽디자인을 공부했던 때를 말할 것이다.
그때 난생처음 학교로부터 컨피덴셜 레터*를 받았다.

아직도 그 편지를 받았던 순간을 잊을 수 없다.
나는 빨간색 'confidential' 도장이 찍혀 있던
무시무시한 봉투를 떨리는 손으로 열었다.

---

* 편지를 받는 당사자 빼고는 아무도 열어봐서는 안 되는 기밀 편지를 말한다.

그것은 학과장님이 보낸 경고장이었다.

내용을 간단하게 요약하자면 이랬다.
“지금 당신은 공부하고 싶어 하는 수많은 학생이
지원했던 자리에서 공부하고 있다.
그 많은 학생 중에서 당신에게 기회를 줬는데
지금까지 당신이 보여온 행동은 무척 실망스럽다.”

그리고 날 가장 공포에 떨게 했던 것은 마지막 문장이었다.
마지막 문장은 이렇게 시작했다.
“If you do not take any actions, I will.”
만약 내가 바뀌지 않는다면
자신이 바꾸어 놓겠다는 것이었다.
그것은 다시 말해 퇴학을 시키겠다는 의미였다.
들고 있던 편지가 흔들거릴 정도로 손이 떨리고
심장이 차가워지는 느낌이 들었다.

사실 그때까지 나는 안일한 마음으로 공부하고 있었다.
대학생 때처럼 필수로 들어야 하는 수업에만 참여하며
이렇게 해도 충분히 졸업할 수 있으리라 생각했다.
그러나 대학원은 달랐다.

당장 1년 반 후에 논문을 제출해야 했는데
아무것도 준비해 놓은 것이 없었다.
무엇부터 해야 하는지 앞이 캄캄했다.

결국, 당시 내가 다녔던 대학원에서
시간강사로 일하는 선배를 찾아갔다.
선배 부부는 실력 있는 그래픽디자이너였기에
매일같이 찾아가 무엇을 어떻게 준비해야 할지 조언을 구했다.

무사히 졸업하기 위해선 우선 무엇을 연구하고자 하는지
논문의 주제를 정하고 그에 대해 발표해야 했다.
그리고 1년 반이라는 시간 동안
내가 정한 주제를 깊게 파고들어
마지막에 최종 논문을 발표해야 학위를 받을 수 있었다.

그때 내가 정한 주제는
'인사이드 앤드 아웃사이드', 즉 '안과 밖'이었다.
'그래픽디자이너는 바깥을 보여주는 사람인데,
그렇다면 그 안에는 무엇이 있을까?'라는
질문에서 착안한 주제였다.
이 주제를 연구하기 위해

바깥과 안쪽이 다른 것이라면 그게 무엇이든
닥치는 대로 조사하기 시작했다.
특히 마케팅 차원에서 할 얘기가 굉장히 많았다.

이 주제를 파고들면서 정말 많은 컨셉 실험을 했다.
안에 비해 밖이 과대 포장 되어 있을 수도 있고,
밖은 별 볼 일 없더라도 안쪽에 의미가 있을 수도 있다.
사람, 사물, 현상 할 것 없이
안과 밖으로 구성되어 있는 것들의 자료를 수집하고
실험에 빠져 살기 시작한 지 딱 1년 후.
나는 다시 컨피덴셜 레터를 받았다.

이번에는 도대체 왜!
또 다시 떨리는 손으로 봉투를 열었다.
편지는 아주 간단하게 작성되어 있었다.
"이번에 우리 과에서 주는 장학금을 당신에게 주겠다."
아직 논문을 발표하기 전이었는데도 불구하고
내가 얼마나 열심히 하고 있는지 인정받은 것이다!

그렇게 또 반년이 지나고
결국 기한 안에 최종 발표를 무탈하게 끝낼 수 있었다.

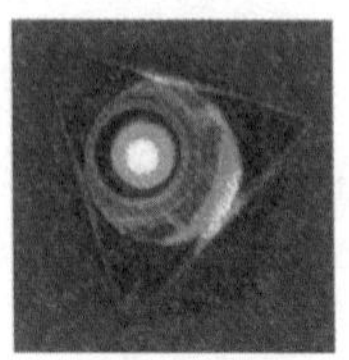

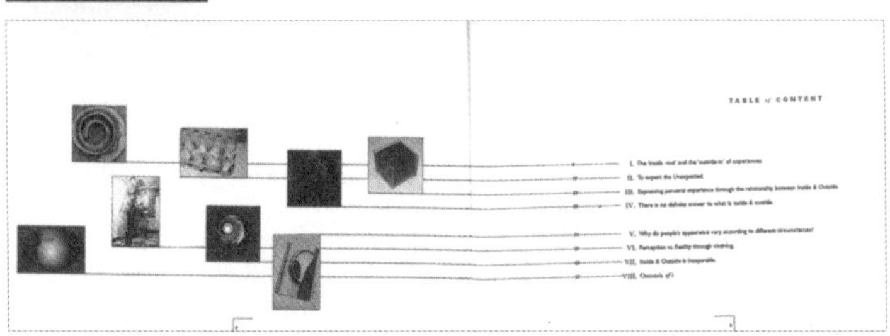

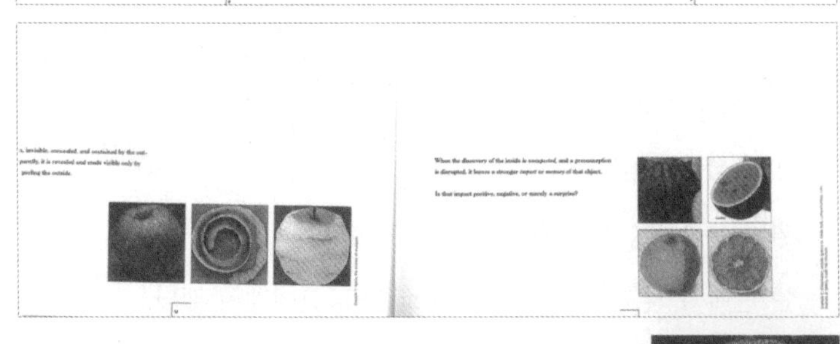

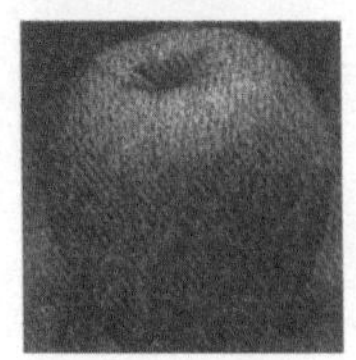

(대학원(MFA) 논문 중에서, 1997)

놀라운 것은 함께 준비하던 8명 중에
나 혼자만 논문을 완료했다는 점이다.
이때 나는 꽤 큰 것을 얻었다.
단순히 장학금을 받았다는 기쁨도,
무사히 졸업할 수 있게 되었다는 안도감도 아니었다.
바로 경험을 바라보는 관점의 변화였다.
그전까지는 어떤 '결과'가 있어야만
경험을 쌓을 수 있다고 생각했다.
하지만 1년 반이 지나고 나니
결과를 떠나 몰입의 시간을 보냈다는 사실만으로도
스스로 성장한 게 느껴졌다.

한 가지 주제를 두고 그것을 다각도에서 고민하며
미친 듯이 파고드는 것.
만족스러운 결과가 나올 때까지
몇 번이고 처음으로 돌아가 다시 시도하는 것.
바로 이런 것이 인생에 도움이 되는 진짜 경험이다.
나는 이게 스포츠와 비슷하다고도 생각했다.
처음에는 경쟁 상대가 있을지 몰라도
결국은 나와의 싸움이 되는 과정 말이다.

나와의 싸움에서 거둔 승리는
그 무엇과도 바꿀 수 없는 만족감을 준다.
이것이 컨피덴셜 레터가 나에게 준 깨달음이다.

하지만 솔직히 말하자면
다시 생각해 보아도,
컨피덴셜 레터를 두 번 다시 받고 싶지는 않다.

어떤 사람이 되고 싶은지

첫째 딸은 얼마 전부터
강아지 '도비'를 입양해서 키우고 있다.
도비의 엄마가 되기 전까지 오랜 시간이 걸렸는데,
먼저 다른 강아지들을 임시 보호하면서
자신이 강아지를 잘 키울 수 있는 사람인지
계속 고민하고 확인하기도 했다.

단순히 강아지를 좋아했던 것이라면
주변 지인에게서 분양받을 수도 있었겠지만,
딸아이는 한사코 입양을 고집했다.

버려진 강아지를 구하고 싶었기 때문이다.
모든 강아지를 구할 수 있다면 좋겠지만 그럴 수는 없으니
한 마리의 삶이라도 책임지겠다는 선택을 한 것이다.

첫째는 어려서부터 다른 이를 도와주고 싶어 했다.
그 마음은 의사가 되고 싶다는 꿈으로 바뀌었다.
지금은 새로운 일을 시작했는데,
누군가를 돕는 일은 꼭 의사가 아니더라도 할 수 있기에
나는 아이가 어떤 일을 해도 괜찮다고 생각한다.
타인을 돕는다는 목표는
변호사나 사회복지사 같은 직업도 똑같기 때문이다.

만약 어느 날 갑자기 지금과는 다른 일을 한다고 해도
전혀 반대하지 않을 작정이다.
아이의 '누군가를 도와주는 사람이 되고 싶다'는 꿈을
실현할 수 있는 일이라면 말이다.

인생에서 중요한 목표가 있다면
꼭 한 가지 방법으로만 접근하지 않아도 된다.
오히려 그 목표를 이루는 접근 방법이 다양해야
지치지 않고, 포기하지 않고 계속 나아갈 수 있다.

'모 아니면 도' 식으로 정하면 나만 힘들어질 뿐이다.

나는 어떤 사람인지,
내가 무엇을 원하는지에 대해 꼭 생각해 보자.
다른 사람을 도와줄 때 기쁨을 느끼는 사람일 수도 있고,
누군가를 즐겁게 해줄 때 희열을 느끼는 사람일 수도 있다.
내가 어떤 삶을 살고 싶은지를 먼저 그리면
그걸 실현할 수 있는 여러 직업들을 떠올릴 수 있다.
그러면 하나의 직업을 이루지 못했다 해도 좌절할 필요가 없다.
다른 직업에 도전하면 되니까 말이다.
또 다른 직업을 얻기까지 시간이 걸리고
돌아가는 것 같더라도 걱정하지 말자.
그 과정은 모두 내 안에 자산으로 남을 것이다.

만약 잘하는 일과 좋아하는 일 중에
무엇을 선택해야 하냐고 묻는다면
나는 자신이 진정 재미있게 할 수 있는,
정말 좋아하는 일을 고르라고 말해주고 싶다.

정말 재밌어서 하는 사람은
그걸 하는 시간 자체를 즐기기 때문에

(플로리다주, 1992)

그 분야에서 최고가 되지 못해도
크게 연연하지 않는다.
관심사가 바뀌어도 이미 포기한 것을 아까워하지 않는다.
이미 후회가 없을 만큼 즐겼기 때문이다.

반면에 자신이 잘했던 것만 하는 사람은
예상치 못한 고비가 찾아와 삐끗하게 되면
쉽게 포기하고 만다.
처음에는 손에 쥔 게 많았을지라도
어느 순간이 되면 모두 모래알처럼 빠져나가
빈손만 남게 되는 것이다.

내가 진정으로 좋아하는 것, 하고 싶은 것이 생기면
더 파고들면서 어떻게 해야 더 잘할 수 있을지
고민하기 마련이다.
내가 이걸 왜 좋아하는지 근본적인 질문도 던진다.
이때 나만의 답을 내릴 수 있어야
그 일을 더 깊고 오래 지속할 수 있다.

어떤 분야에서 최고가 되는 것도 좋지만,
그보다는 내가 어떻게 살고 싶은지에 집중했으면 좋겠다.

내가 뭘 좋아하고,

무엇을 할 때 행복해하는 사람인지 떠올려보자.

인생은 나를 알아가고

그런 나를 행복하게 만드는 여정이다.

스윗니모 탄생기 1

미국 초등학교에는 '플레이 데이트'라는 문화가 있다.
하교를 하고 나면 친구네 집에 가서
두세 시간 정도 놀고 오는 것이다.

아이들이 집에서 놀고 있으면 그 집 엄마가
간식을 챙겨주는 경우가 종종 있는데,
둘째가 친구네서 놀고 오는 날이면
그 집 엄마는 항상 직접 쿠키를 구워주는 등
베이킹을 해서 아이들에게 간식을 먹였다.

어느 날 내가 둘째를 데려가기 위해 찾아가니
집으로 들어오라는 것이 아닌가.
그녀는 나에게 아이들에게 줬던 간식을 건네며
저녁에 디저트로 먹으라고 했다.
직접 만든 컨펙션confection[*]이었다.
마침 그날은 우리 집에서 첫째가
친구와 플레이 데이트를 하고 있었다.
시간이 늦어 우리 넷은 함께 저녁을 먹고
오늘 받아온 디저트도 나눠 먹었다.

한 입 먹는 순간 깜짝 놀랐다.
피칸과 다크초콜릿으로 만든 그 간식은 정말 맛있었다.
둘 다 딱히 좋아하는 것들이 아닌데도
눈이 번쩍 뜨일 정도의 맛이었다.
어떻게 이런 맛이 날 수 있는지 궁금했다.
그날 이후로 언제 또 그 간식을 먹어볼 수 있을까,
그 엄마를 만날 일은 없을까 그 생각만 할 정도였다.

그렇게 시간이 지나고 다시 그 엄마를 만나게 되었다.

---

* 초콜릿, 캔디, 토피, 케이크 등 당과 제품을 말한다.

(캘리포니아주, 2009)

(캘리포니아주, 2012)

그때 나는 용기를 내어, 그 간식이 너무나 생각난다고,
혹시 레시피를 공유해 줄 수 있냐고 물었다.

알고 보니 내가 처음 먹어봤을 뿐
그것은 미국에서 굉장히 보편적인 간식이었다.
견과류와 초콜릿, 토피를 섞어 만드는 것으로
간단히 말하자면 초콜릿 토피다.

그녀는 너무나도 흔쾌히 만드는 법을 알려주었다.
어디서도 쉽게 찾을 수 있는 흔한 레시피라고 했다.
나는 당장 재료를 사서 만들어보았다.
그런데 아무리 해도 실패하는 게 아닌가.
재룟값이 아까운 것은 물론이고
도대체 무엇 때문인지 이유도 알 수 없었다.

그 후 만드는 법을 알려주었던 그 엄마에게
자꾸 실패한다고 하자 그녀는 선뜻 나를 집으로 초대했다.
만드는 모습을 직접 보면 금방 알 수 있을 거라고 했다.
내가 실패했던 이유는 '토피' 때문이었다.
토피라는 재료가 친숙하지 않아서
어떻게 다루어야 하는지 잘 몰랐던 것이다.

그때 나는 주재료인 토피를 어떻게 만들어야 하는지
노하우를 익힐 수 있었다.

제대로 된 방법을 알게 된 이후부터는
여러 가지 재료들을 더해가며
나만의 방식대로 발전시켜 나가기 시작했다.
이렇게 만든 초콜릿 토피가 너무 맛있었기 때문에
친구들과 지인들에게 맛보여 주고 싶었다.
내가 처음 한 입 맛보았을 때의 감동을 느끼게 해주고 싶었다.
크리스마스 시즌이기도 해서
대량으로 몇 판을 만들어 하나하나 포장을 시작했다.
가족은 물론 친구, 지인들에게 선물하니 반응이 정말 좋았다.
대부분 팔아도 좋겠다는 의견을 주었다.

마침 그때 내가 살고 있던 샌프란시스코의 법이 바뀌어서
집에서도 수제 컨펙션을 만들어 팔 수 있게 되었다.
나는 고민했다. 마침 아이들을 위해
집에서 할 수 있는 일을 찾고 있었기에,
이걸 사업으로 하면 어떨까 생각하기 시작한 것이다.

나에게 처음 초콜릿 토피를 맛보여 주었던

그 엄마도 잘할 수 있을 거라고 응원해 주었다.

그때까지만 해도 우연치 않게 한 입 맛본 초콜릿이
내 인생을 바꿔놓을 줄은 정말 상상도 하지 못했다.
그렇게 스윗니모가 시작되었다.

스윗니모 탄생기 2

사업을 시작할 때 이런 얘기가 있다.
만약 10억이 필요한 사업이 있다고 해보자.
9억과 11억을 가지고 있는 사람 중
누가 그 사업에 성공할 것인가.

놀랍게도 9억을 가진 사람이다.
9억이 있는 사람은 돈이 부족한 만큼 더 노력하지만
11억이 있는 사람은 돈이 여유로운 만큼
안일할 가능성이 크기 때문이다.
그만큼 '절실함'은 사업의 성패를 좌우하는 요소다.

이건 나에게도 마찬가지였다.

사업을 시작하기로 결심한 나는
회사의 이름을 '스윗니모'로 정했다.
아이들을 위해 시작한 일이기도 해서
니모,* 즉 두 딸의 엄마라는 나의 정체성을 담고 싶었다.
책임감을 가지고 회사를 운영하겠다는 다짐이기도 했다.

그 바람대로 '두 아이의 엄마'라는 절실함은
나 스스로 더 노력하게 만들어 주었다.
포기해야 하나 싶은 순간을 마주하게 될 때도
포기하는 모습을 보여주면 안 된다는 마음이 나를 잡아주었다.
아이들에게는 쉽게 포기하지 말라고 말하면서
정작 내가 그런 모습을 보일 순 없는 노릇이었다.

사업 기반이 아무것도 없는 상황에서
오로지 내가 만든 초콜릿 토피에 대한
자신감 하나로 사업을 시작했기에

* '니모'는 첫째 딸 나딘과 둘째 딸 이지의 이름 앞 글자인 N과 I에 엄마를 뜻하는 모(母)를 합친 이름이다.

당연하게도 여러 부침이 있었다.

내가 유일하게 할 수 있는 것은 발로 뛰는 일이었다.
커피숍, 호텔, 음식점 등 납품을 제안할 만한 매장들을
하나하나 직접 찾아다녔다.
그렇게 하나둘씩 거래처를 늘려가기 시작했을 때
새롭게 생긴 목표가 있었다.
바로 항공사에 내가 만든 제품을 납품하는 것!

개별 매장에서 제품을 파는 것을 넘어
이제는 큰 규모로 정기적인 수익을 내는 거래처가 필요했다.
그중에서도 항공사는 나에게 더욱 의미가 있었다.
유학 생활에 도전하기 위해, 혼자 아이들과 살아가기 위해
수없이 탔던 비행기에 내가 만든 제품이 들어간다면
열심히 살아왔다는 증거가 되지 않을까.

하지만 당장 그렇게 큰 거래를 성사시킬 수는 없었다.
일단은 기본에 충실하자고 생각했다.
그래서 나는 꾸준히 거래처를 늘리고
브랜드 이미지를 쌓아나가는 정공법을 택했다.

그렇게 몇 년이 지나고 놀라운 일이 벌어졌다.
항공사에서 먼저 연락을 해온 것이었다.
몇 년 전에 꿈꿨던 대로 이제는 비행기 안에서
내가 만든 제품을 만날 수 있게 되었다.

물론 항상 일이 잘 풀렸던 건 아니지만
그럼에도 회사는 꾸준히 성장해
지금은 10년 넘게 안정적으로 운영되고 있다.
함께 일하는 직원도 40여 명 정도로 늘었다.
직원이 한 명씩 늘어날수록
어깨에 지어지는 책임감도 이루 말할 수 없다.

'사업가와 사기꾼은 한 끗 차이'라는 말이 있다.
사업을 시작하는 건 둘 다 똑같지만
일이 잘 풀리면 사업가가 되는 것이고,
일이 풀리지 않아 주변에 진 빚을 갚지 못하면
사기꾼이 된다는 말이다.
나는 일이 잘 풀리지 않아 포기하고 싶어질 때마다
나와 함께 일하는 직원들을 생각했다.
무슨 일이 있어도 내가 책임져야 하는 사람들이 있다는 사실은
엄청난 스트레스이기도 했지만

회사를 계속 이끌어나갈 수 있는
원동력이 되어주기도 했다.

처음에는 가족을 위해 시작했지만
지금은 이 일을 통해
지키고 싶은 사람들이 많아졌다는 걸 느낀다.
책임을 다하기 위해 나는 오늘도 멈추지 않는다.

5장

현재

오늘이 가장 기쁜 날이 되도록

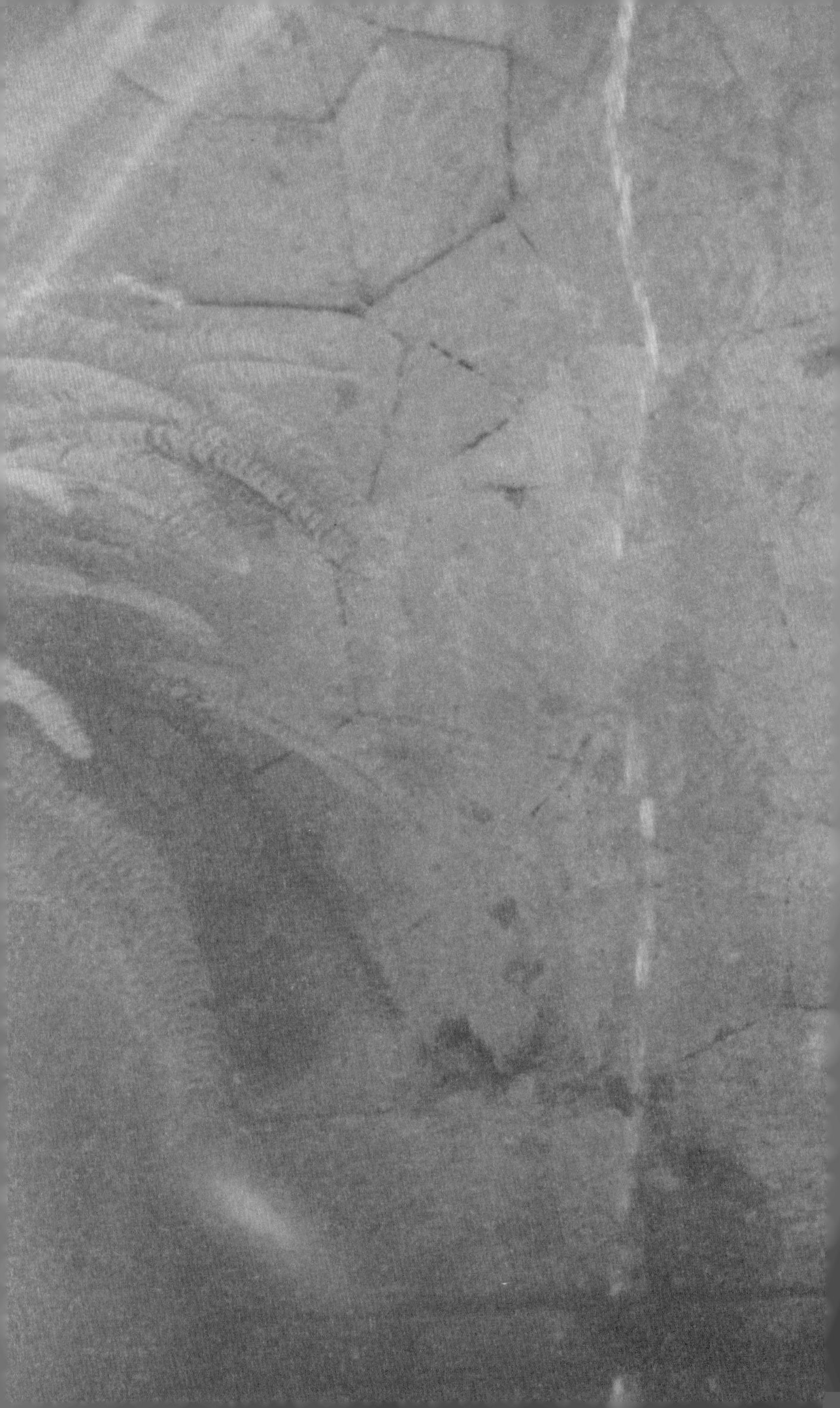

과거는 과거일 뿐

미국에 정착한 지 얼마 안 되었을 무렵,
새로운 초등학교에 처음 등교했던 아이들이
집으로 돌아와 울음을 터뜨렸다.
안 그래도 낯선 환경에 적응해야 했을 딸들이
여러모로 걱정되던 참이었다.
아이에게 물어보니 반 친구들이 자기한테
"왜 이렇게 얼굴이 납작하냐"고 말했다고 했다.
어떤 상황이었는지 안 봐도 알 것 같았다.

우리가 이사한 곳은 동양인이 거의 없는 동네였다.

그들에게는 딸들의 외모가 신기해 보였을 것이다.
게다가 어린 아이들이니 상대방에게 어떻게 들릴지
생각하지 않고 그냥 보이는 대로 말했던 것이다.
인종차별을 예상하지 못했던 건 아니었지만
한번은 겪어야 할 일이라는 생각도 들었다.
내가 해줄 수 있는 건
그저 안아주며 달래주는 것뿐이었다.

시간이 꽤 지나고 어느 날, 둘째가 이때의 일을 얘기했다.
당시에는 그 기억이 꽤 상처였는데 이젠 괜찮다고 말이다.
돌이켜 보니 굉장히 어릴 때이기도 했고
뒤늦게라도 그 친구들에게 악의가 없었다는 걸 알았기 때문에
이제는 더 이상 상처로 남아 있지 않다고 했다.

물론 그사이 미국 생활에 적응하고
친구들이 많아진 탓도 있을 것이다.
그러나 무엇보다도 그때 그 친구가
자신을 비하하려고 한 것이 아니라
순수하게 생소함에 그 말을 건넸다는 것을
깨닫게 되었다고 했다.
자신과 다른 모습이 처음에는 참 신기했을 테니 말이다.

나는 둘째가 그랬던 것처럼 이따금 한 번씩
옛날에 받았던 상처들을 끄집어내어
그때 들었던 말들이 정말 나에게 상처였는지,
아직도 상처로 남아 있는지 확인해 보곤 한다.
과거에는 상처였더라도 지금은 아니라면
그만큼 내가 성장했다는 증거가 된다.
있는 그대로 보고 받아들이면
세상을 탓하거나 스스로를 미워할 필요도 없어진다.
긍정적인 시선으로 자신을 좀 더
존중할 수 있게 되는 것이다.

물론 아물지 않은 상처를
억지로 꺼내보라는 이야기는 아니다.
다만 과거의 상처는 더 이상 지금의 나를
아프게 할 수 없다는 사실을 말해주고 싶다.

우리는 매일 조금씩 더 성장하고 앞으로 나아가고 있다.
과거에 상처받았던 나를 잘 안아주고,
지금의 나를 조금 더 사랑했으면 좋겠다.

오늘을 어여삐 여기기

나는 SNS에 크게 관심이 없지만
딸들과 함께 이야기를 나누다 보니
자연스럽게 인스타그램을 접하게 되었다.
처음 인스타그램을 알게 되었을 때
신기하면서도 이해하기 어려운 것이
바로 '스토리' 기능이었다.
스토리는 24시간이 지나면 사라지는데
이걸 굳이 왜 올리나 싶었던 것이다.

요즘 세대인 딸들에게 스토리의 쓸모를 물어보니

이렇게 답했다.
"음… 생생한 순간을 올리고 싶어서.
근데 피드에 남길 정도는 아니어서."

상반된 두 답변의 의미가 무엇인지 의아했지만
한편으로는 그 마음을 알 것도 같았다.

나 역시 젊을 때 사진을 자주 찍었다.
지금처럼 사진을 공개적으로 올릴 수 있는 시절은 아니었지만
사진 찍는 걸 좋아하기도 했고
자신감이 넘쳐흐르던 때이기도 했다.
그러다 대학교 졸업 후 어느 날엔가
평소처럼 사진을 찍었는데
그전까지와는 뭔가 느낌이 달랐다.
사진을 보자마자 이런 생각이 들었다.
'나 왜 이렇게 늙었지?'
불과 23살밖에 안 되었는데도 말이다.
그날 이후 당분간은 사진을 찍지 않겠다고 마음먹었다.

그렇게 몇 년이 지난 후, 다시 사진을 찍었다.
그런데 예전보다 나아지기는커녕

(로드아일랜드주, 1992(위)/캘리포니아주, 1992(아래))

더 이상해 보이는 것이 아닌가.
몇 년 새에 그렇게 얼굴이 변했나 싶어서
마지막으로 찍었던 그 사진을 다시 보았다.
그리고 깨달았다.
지금에 비하면 23살의 나는 너무 어렸다.
이전에 받았던 충격과는 또 다른 충격이었다.
저렇게 풋풋하고 예쁜 23살의 나이로 돌아간다면
무엇이든 할 수 있겠다 싶었다.

사실 그때 나는 28살이었고 여전히 20대였다.
누구나 부러워하는 청춘의 정점에 있었는데도
그런 생각을 하고 있었다.

"좋을 때다. 내가 네 나이면 못 할 게 없겠다."
살다 보면 이런 말을 참 많이 듣는다.
나는 그러지 말아야지, 하면서도
딸들을 보면 나도 모르게 말하곤 한다.
정작 그 좋은 때에 있었던 자신도 알아보지 못했으면서
세월이 흐른 뒤에야 똑같이 말하게 되었다.

28살이 된 내가 23살의 나를 어리게 봤던 것처럼

나중에 60대가 된 나에게는 지금이 좋은 시절일 것이다.
'아, 내가 50만 됐어도 뭐든 해볼 텐데' 하고 말이다.

그래서 나는 새로운 일을 시작하는 게 무섭지 않다.
지금 하지 않으면 60대가 된 내가 후회할지도 모르니까.
당장 내일이라도 새로운 도전을 할 마음의 준비가 되어 있다.
해보지 않은 일, 하고 싶은 일이 아직도 한참 많다.

한 살 한 살 먹는 나이를 자꾸 되뇌고
지금의 나를 부정하다 보면
앞으로 나아가기가 힘들다.
나이를 막론하고 가장 '젊게' 살 수 있는 사람은
어제에 갇혀 있지 않고,
내일을 저당 잡히지도 않고,
오늘을 충실히 사는 사람이다.

지금의 자신을 어여삐 여겼으면 좋겠다.
언제나 현재를 살아가자.
'오늘이 우리의 가장 아름다운 젊은 날'이다.

존중의 태도

회사에서 함께 일할 사람의 면접을 볼 때
내가 가장 중요하게 보는 것이 있다.
바로 면접이 시작하고 끝날 때까지의 지원자 태도다.
태도는 평소에 의식하지 못하는 사소한 행동에서 나온다.

아주 간단한 예를 들어 보자면
사장인 나와 임원인 전무님이 함께 면접실에 들어가면
세 가지 행동을 하는 사람으로 나뉜다.
우리가 착석할 때까지 앉아서 기다리는 사람과,
우리를 보고 자리에서 일어나는 사람,

자리에서 일어나 밝은 목소리로 인사하는 사람.

면접이라는 특수한 상황이 아니더라도
일반적으로 세 번째 사람이
가장 좋은 인상을 남기는 것은 당연하다.
대화를 주고받을 때도 마찬가지다.
질문이 채 끝나기 전에 자신의 말을 하는 사람이 있는가 하면
상대방이 말을 다 맺을 때까지 차분히 기다렸다가
대답을 하는 사람도 있다.
모든 행동에 정답이 있는 것은 아니지만
어떤 사람에게 더 호감을 갖게 될지는 누구나 알 수 있다.

존중의 태도. 이것이 내가 사람을 뽑는 가장 큰 기준이다.
능력과 실력도 중요한 문제이지만
그런 것은 웬만큼 노력으로 극복할 수 있기 때문에
1순위 고려 사항은 아니다.
누군가는 위계질서를 따진다고 오해할 수 있지만
이것은 나이가 아니라 '존중'의 문제다.

우리 회사의 전무님은 나보다 연세가 많은데,
오랜 시간 알고 지내며 존경하는 분이기도 하다.

아버지 회사 때부터 임원을 지내오시다가
내가 사업을 시작한 후에 다시 인연을 맺게 되었다.

나도 가능하면 전무님에게 무엇이든 먼저 권한다.
서열과 나이를 떠나서
인생 선배에 대한 예의이자 존중하는 태도다.

내가 아이들을 키우면서도 가장 중요하게 가르쳤던 건
첫째, 남에게 폐를 끼치지 않고
둘째, 어른을 공경하는 것이었다.
미국에서 자랐던 아이들은 어른을 공경해야 한다는
나의 말을 처음에는 잘 이해하지 못했다.
“나이가 많다고 다 잘하는 것이 아닌데
왜 내가 공경을 해야 해?”라고 묻기 일쑤였다.
언페어unfair, 즉 부당하다고 말이다.

그때마다 나는 아이들에게 말해주었다.
“그 사람이 너보다 잘나서가 아니라
그동안 살아온 세월이 있고
살아온 나이가 있기 때문에 존중해야 해.
살아온 세월에 대해 최소한의 존경심을 가지라는 뜻이야.”

어른의 말이 다 맞다는 의미가 아니다.
그리고 무조건 수용하라는 의미도 아니다.
아이들은 자신보다 나이가 많은 사람에게도
주눅 들지 않고 의견을 표현할 수 있어야 한다.
하지만 그 표현 방식과 평소 태도를
어떻게 하느냐는 다른 문제다.
이것은 자신보다 어린 사람에게도 마찬가지다.
나이를 떠나서 상대방을 존중하고 있느냐와 관련되어 있다.

존중하는 사람만이 존중받을 수 있다.
사람의 마음을 얻는 가장 좋은 방법은
그 사람을 존중하는 것이다.
다만 존중하는 태도는 하루아침에 생길 수 없다.
존중은 숙제처럼 정해진 양이 있는 것이 아니라
무의식적인 행동에서 드러나기 때문이다.
존중하는 습관을 기르자.
그 어떤 공부보다 삶을 살아가는 데
가장 큰 자산이 될 것이다.

명품이 되는 법

나는 스타일이 좋다는 말을 자주 듣곤 한다.
그래서 내가 입는 옷이 다 명품이라고 오해하거나
옷장 속 아이템을 궁금해하는 사람도 간혹 있다.
그러나 내가 가지고 있는 명품은
대부분 대학생 때 선물받았거나
어머니가 물려준 오래된 것들뿐이다.
패션아이템이라기보다는
몇십 년 동안의 추억을 간직한 유산에 가깝다.

사실 사람들이 나의 스타일이 좋다고 칭찬하는 이유는

값비싼 아이템이 많아서가 아니라
나 자신을 잘 알고 그에 맞게 표현을 하기 때문이다.
어릴 적부터 패션에 관심이 많기도 했지만
여러 옷을 입어보면서 나에게 무엇이 어울리는지,
단점을 커버하려면 어떻게 해야 하는지
터득하고자 노력했다.

중요한 것은 나에게 걸쳐지는 옷이 아니라
나를 알아가고 다듬는 일에
초점을 맞춰야 한다는 점이다.
스스로를 가꾸는 습관과 태도가
입는 옷보다 훨씬 중요하다.

내가 이런 생각을 하게 된 데에는 아버지의 영향이 컸다.
어느 날 아버지께서 옷장 앞에 한참 동안 서서
뭔가를 하고 계시길래 궁금해서 다가갔다.
가까이서 보니 재킷에 달린 라벨을
손수 뜯어내고 계셨다.
조르지오 아르마니라는 명품 브랜드의 정장이었다.

왜 굳이 라벨을 떼시냐고 여쭤보니 재킷을 벗었을 때

(매사추세츠주, 1986)

사람들이 브랜드 이름을 보는 것이 싫다고 말씀하셨다.
아버지는 디자인이 마음에 들어 구입했을 뿐인데
명품이기 때문에 입는다고 생각하는 게 싫었던 것이다.
그때는 아버지가 별나다고 느꼈지만
지금 돌아보면 참 멋진 분이었다는 생각이 든다.

아버지만큼은 아니지만 그 이후로
나 또한 로고가 보이는 것은 되도록 피하는 편이다.
명품이 나를 드러내는 도구가 아니라
내가 선택한 보조 수단이라는 것을 알기 때문이다.
언제 어디서나 당당하고 자기 삶에 열정적인 사람은
그냥 흰 티셔츠에 청바지만 입어도 멋지다.

꾸민다는 것의 본질은 '좋은 옷을 입는 것'이 아니라
'나에게 공을 들이는 것'이다.
사소하지만 매일 나에게
정성과 노력을 들이는 습관과 태도가 쌓여서
나를 매력적인 사람으로 만들어준다.
그런 건 한두 번 돈을 쓴다고 해서
하루아침에 이루어지는 일이 아니다.

나 역시 스스로에게 정성을 기울이려 노력한다.
50대 중반의 나이에 흰머리 없이 긴 생머리를 고수하는데
사실 머리를 말리고 볼륨을 넣는 데에는
적잖은 시간이 든다.
그래도 아침마다 늦잠 자고 싶은 게으름을 물리치고
그 시간을 드라이하는 데 투자한다.
매일 드라이하면서 팔근육이 생겼다는 농담을 할 정도다.

사실 나이가 들면 머리숱이 줄기도 하고
귀찮다는 이유로 짧은 파마머리를 하는 사람들도 많다.
하지만 나는 아직 그러고 싶지 않다.
특정 연령대의 사람들이 다들 그 머리를 한다고 해서
나도 그래야 한다고는 생각하지 않기 때문이다.

언젠가는 이 헤어스타일을
유지하지 못하는 날도 올 것이다.
그래도 그전까지는 나에게 최선을 다하려고 한다.
나에게 공들임으로써
살아 있는 에너지가 느껴지는 사람이 되고 싶다.

26년 만의 독립

요즘 어떻게 지내냐고 물으면,

나는 꽤 홀가분하게 지내고 있다고 말한다.

얼마 전 이사를 했는데

어찌 보면 독립이라고도 할 수 있다.

마지막으로 혼자 나만의 공간에서 살던 때가

미국에서 대학원을 다니던 시절이니 딱 26년 만이다.

몇 년간의 결혼 생활, 두 딸과 함께 산 10여 년,

그리고 부모님을 모시던 5년까지

그간 늘 누군가와 함께였기에 감회가 새롭다.

일부러 원 베드룸으로 둥지를 텄는데,
좀 작아도 내 보금자리 같다는 생각이 든다.
짐을 줄이기도 했고 그런대로 구석구석 공간을 활용해
거의 일주일 만에 짐들을 정리하는 데 성공했다.

가장 먼저 거실에 가구를 배치하고
앨범들과 책들을 책꽂이에 꽂아 아늑한 응접실을 만들었다.
주방 정리는 조금 더 복잡해
한바탕 시작하려니 진이 빠졌는데
기운을 내서 각종 그릇과 주방용품을 수납장에 넣었다.

정리를 하다가 어머니가 물려주신
크리스털 잔들을 발견하니 기분이 좋았다.
나도 참 예쁜 것을 좋아한다는 생각에 '풉' 웃음이 났다.
한식을 담는 그릇들은 왼쪽 선반에,
양식을 담는 그릇들은 오른쪽 선반에 배치하자
복잡해 보이던 주방도 심플하게 정돈되었다.

가장 시간을 많이 들여 정리한 것은 옷이다.
이상하게도 나는 다른 무엇보다
옷들이 가지런히 정리되지 않은 것을 참지 못한다.

(서울, 2024)

끝선을 맞춰 착착 놓여 있어야만 마음이 편하다.
마치 매장에 진열하듯 니트와 티셔츠를 가지런히 놓다가,
내친김에 모든 옷을 꺼내 다시 개기 시작했다.
색깔까지 맞춰 정리하다 보니
생각보다 시간을 많이 들 수밖에 없었다.

'아, 이 옷이 있었네!'
'이 옷은 헌옷 수거함에 넣어야겠네.'
'어머, 이 옷은 이제 나한테 너무 작네.'

옷들을 하나하나 들여다보았다.
이렇게 옷들을 되새김하며 정리하다 보니
내 마음에 가지치기를 하는 것 같았다.
어딘가 구석에 처박혀 있어서,
혹은 앞에 걸린 옷에 가려져서
한동안 방치되었던 옷들과
입고 싶어서 샀는데 어쩌다 안 입게 된 옷들이 보였다.

이런 옷들을 정리하면서 내 안에 있는 것들,
예를 들면 본능이나 자질, 재능, 꿈, 심지어 나쁜 습관들도
한번 꺼내어 정리하고 싶다는 생각이 들었다.

아무래도 이번 이사가 나를 재정비하는 시간이
되어준 듯하다.

새롭게 자리 잡은 공간을 말끔히 정돈하니
스스로가 참 귀한 존재가 된 것 같다.
새로운 시작을 자축하며 이 공간에 사는 나 자신을
앞으로도 계속 귀하게 여기기로 다짐했다.
간단하게는 매일의 청소를, 단정한 옷매무새를,
좋은 향을 유지해야겠다고 생각했다.

26년 만에 거실에 향을 피워놓고 좋아하는 음악을 틀었다.
그동안 참 쉴 틈 없이 살아왔다.
그렇게 살아온 나에 대한 안쓰러운 마음은 없다.
지금 같은 여유가 그저 감사할 따름이다.

사랑하는 순간의 기록

오래 주저하고 망설이긴 했지만
책을 쓰기로 마음먹으면서 좋았던 점이 몇 가지 있다.
그중 하나가 바로
그간의 삶을 정리해 볼 수 있다는 것이었다.
특히 이 책에 실린 사진은 모두
우리 집 앨범 속에 있던 것들인데,
평소에는 잘 꺼내보지 않았던 사진을
처음부터 끝까지 쭉 살필 수 있어서 참 즐거웠다.

사진을 하나하나 꺼내며

'아, 이때는 이런 일이 있었지'
'정말 즐거운 순간이었는데' 하는 마음에
시간이 가는 줄도 몰랐다.

책에 넣을 사진들을 함께 고르기 위해
편집자가 집에 찾아왔을 때의 일이다.
그간 모아두었던 앨범을 꺼내니 편집자는 깜짝 놀라며 물었다.

"와, 그동안 이걸 전부 보관하셨던 거예요?"

총 몇 권을 가지고 있는지 세어보진 않았지만
모두 펼치니 거실 바닥을 꽉 채우고도 남았다.
50년 이상 된 내 어릴 적 사진부터
두 아이의 성장과정이 담긴 사진들까지.
한국에서 미국으로, 미국에서 한국으로
여러 번 큰 이사를 하면서도
그 무엇보다 소중하게 챙겨온 물건들이다.

아이들이 SNS에 각자의 사진과 기록을
남기게 된 이후로는 앨범을 따로 만들지 않았지만
그 이전까지는 차곡차곡 모았다.

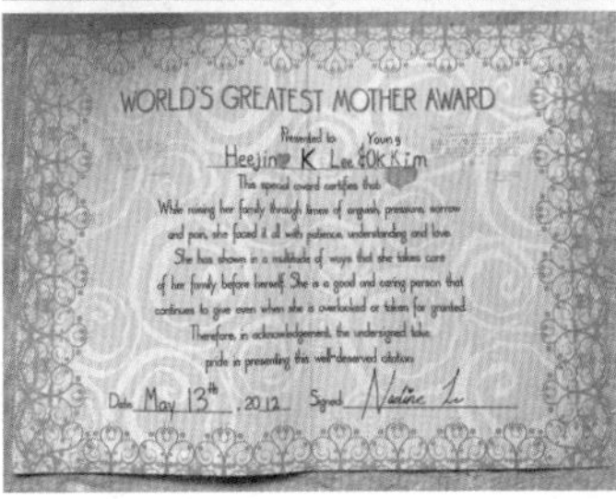

WORLD'S GREATEST MOTHER AWARD

Presented to

Heejin K. Lee Young Ok Kim

This special award certifies that

While raising her family through times of anguish, pressure, sorrow and pain, she faced it all with patience, understanding and love. She has shown in a multitude of ways that she takes care of her family before herself. She is a good and caring person that continues to give even when she is overlooked or taken for granted. Therefore, in acknowledgement, the undersigned takes pride in presenting this well-deserved citation.

Date May 13th, 2012 Signed

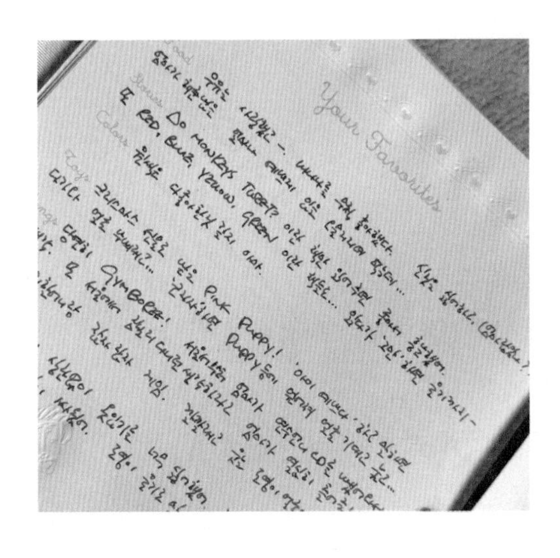

(둘째의 출생 수첩, 2002(오른쪽 위)/
첫째가 '어머니의 날'에 엄마와 외할머니에게 준 카드, 2012(오른쪽 아래)/
첫째의 육아일기, 2000(왼쪽 아래))

첫째 몫과 둘째 몫을 각각 정리해 두었는데
좀 더 시간이 지나 두 아이가 각자 삶을 꾸렸을 때
건네줄 작정이다.

물론 사진만 있는 건 아니다.
아이가 처음 태어나서 쓴 육아일기부터
두 아이가 초등학생 때 만들었던 미술 숙제들까지
그간 자라온 과정을 볼 수 있도록
여러 기록을 남겨두었다.
아무리 삶이 바빴어도
이것만큼은 잊지 않으려 노력했는데,
이 기록들이 언젠가 아이들에게 남겨줄
소중한 자산이 되리라 믿었기 때문이다.

요즘 나는 남기고 싶은 일상이나 생각을
메모장에 간단히 쓰기도 한다.
독서 노트나 감사 일기를 쓰는 등
성장이나 자기계발을 위해 기록을 하는 사람도 많지만
그런 대단한 목표가 아니더라도
자신만의 기록을 남기는 일은 참 중요하다.
물론 꼭 글이 아니어도 좋다.

사랑하는 사람들과의 추억을 남기고
그것을 소중히 보관하는 것만으로도
마음의 자산을 채울 수 있다.
언젠가 그것들이 지치고 힘든 일상에
큰 힘이 되어줄 것이다.
자신을 사랑하는 순간을 다시 한번 깨워줄 것이다.

얼마 전 지인으로부터
'앞으로 하고 싶은 일이 무엇이냐'는 질문을 받았다.
사업도 어느 정도 안정적으로 흘러가고 있고
이제 아이들도 모두 대학교를 졸업했으니
앞으로 무엇을 하고 싶으냐는 것이었다.
나도 한창 고민하고 있던 지점이었다.

지금까지는 가족과 사업에 대한 책임감이
내가 도전할 수 있었던 계기였다면
지금부터는 오로지 나만을 위해

(로드아일랜드주, 1997)

무엇인가를 시작하고 도전할 수 있는 시기가
찾아온 것이다.
사실 생계가 해결되고 새로운 미래를 그릴 수 있을 만큼
경제적 여유가 생기면 꼭 해보고 싶은 일이 있다.
바로 패션 사업에 다시 도전하는 것이다.
특히 50대 이상을 위한 패션에 도전해 보고 싶다.

주변에서는 그간 고생하며 살았으니
이제는 좀 편하게 쉬엄쉬엄 일하라고 권하지만
50대 중반은 아직 한창인 나이다.
그리고 아직도 엄마처럼 살고 싶다고 하는 두 딸에게
좀 더 멋진 등을 보여주고 싶기도 하다.

첫째는 엄마를 한마디로 표현하면
'언디피터블undefeatable',
즉 절대로 지지 않는 사람이라고 말한다.
나는 언제나 이 말을 최고의 찬사라고 생각했다.

지금은 구시대적인 이야기이지만
나는 여자가 운전하는 것만 봐도
신기하게 쳐다보던 시절에 일을 시작했다.

암탉이 울면 집안이 망한다고
기센 여자를 싫어하던 시절이기도 했다.
물론 지금은 그런 인식이 거의 없지만
아직까지도 많은 회사 내에서는
젊은 여자의 몸으로 꿈을 펼치는 일이
힘에 부치는 것도 사실이다.

만약 세상이 날 알아주지 않는다면
더 치열하게 열정적으로 행동하고
자신의 역량을 키워야 한다.

언젠가 이런 일을 겪을 두 딸들에게도,
유튜브 채널을 통해 만나게 된 사람들에게도
우선 나부터 끝까지 안주하지 않고
도전하는 모습을 보여주고 싶다.
이런 점에서 나는 몸이 허락하는 한
한평생 도전하고 일하며 살아가지 않을까 싶다.

물론 언젠가는 나도 약해질 것이다.
내가 부모님을 돌봐드렸던 것처럼
아이들이 나를 돌봐주는 순간이 찾아올지 모른다.

아니, 분명 찾아올 것이다.

그러나 그 순간이 찾아올 때까지는

끝까지 자신감과 자긍심을 놓지 않는

멋진 할머니가 되고 싶다.

물려주고 싶은 것

두 딸은 나를 닮아서 그런지 옷을 참 좋아한다.
특히 어머니와 나의 옷장을 보고
"외할머니와 엄마가 입던 옷을 물려받고 싶다"고
입버릇처럼 말하는데,
원하는 만큼 때가 되면 물려줄 생각이다.

딸들에게 또 무엇을 물려줄 수 있을까 생각해 보면
사실 내가 가장 물려주고 싶은 것은 정신적 자산에 가깝다.
바로 책임감과 끈기,
그리고 현실에 안주하지 않고 도전하는 자세.

즉 삶의 어려움에 부딪힐 때마다 자신을 믿고
자존감을 키워나가는 태도다.

책임감과 끈기, 도전하는 마음만 있다면
나는 아이들이 살면서 실수하거나
잘못된 선택을 하더라도 괜찮다고 생각한다.
책임지려 노력하는 자세를 갖는다면
최선이 아닌 선택을 하더라도 변명하지 않을 수 있다.
그 선택이 자신에게 어떤 의미인지 안다면
그저 실수로만 남지 않고
성장의 발판이 되기 때문이다.

내가 아이들에게 늘 하는 말이지만,
고생은 한 살이라도 어렸을 때 하는 것이 낫다.
이렇게 말하면 냉정한 엄마처럼 보이겠지만
나는 아이들이 고생 속에서 피어나는
소소한 행복을 아는 사람이 되기를 바란다.

힘들었던 만큼 나중에는 분명
그 과정을 잘 참았다고 생각하는 날이 온다.
그걸 모르기 때문에

(서울, 2001, 첫째와(위)/ 서울, 2003, 둘째와(아래))

'지금 이 힘든 걸 왜 해'라고 생각하는 것이다.
세상은 공평하다.
위로 올라가면 내려가는 날이 있고
내려가는 날이 있으면 또다시 올라가는 날이 있다.
이것을 견뎌야 삶에 대해 깨달을 수 있다.
쉬운 것만 하면서 살면
절대로 알 수 없는 부분이다.

끈기와 책임, 도전으로 내면을 채웠다면
그다음으로 중요한 것이 있다.
바로 자신의 매력을 아는 것이다.
아직 자신만의 매력을 모르는 사람이 많은데
나만의 색깔과 매력을 발견하는 일은 굉장히 중요하다.
옷도 이것저것 입어보면서
장점을 드러내고 단점은 커버하는 스타일을
찾아야 하는 것처럼
각자의 매력을 찾는 과정도 꼭 거쳐야 한다.

매력은 외모가 아름다운 것만 가리키지 않는다.
보이는 것, 즉 얼굴과 몸매만이
매력의 전부가 아니기 때문이다.

매력은 분위기나 말투에서 드러나는 성격이다.
단순히 얼굴이 예쁜 사람보다는
대화하면서 상대방을 빠져들게 만드는 사람에게
더 끌리는 이유다.

마지막은 관계에 대한 것이다.
유튜브를 시작하고 보람을 느끼는 순간 중 하나는
연락이 뜸했던 지인과 친구들에게 연락이 올 때다.
50대가 되니 친구와 인연을 유지하기가 참 쉽지 않다.
사는 게 바빠지기 때문이다.
덕분에 연락을 오랜만에 주는 사람이 반가워지고,
지금의 인연을 더 소중히 여기게 되었다.

40대까지는 관계가 확대되는 시기다.
특히 20~30대에는 새로 관계를 맺게 되는 사람이 많다.
그중에서는 스쳐 지나가는 사람도 있고
마치 내 몸처럼 가깝게 지내게 되는 사람도 있을 것이다.

하지만 가까워지는 인연이 있으면
멀어지는 인연도 있기 마련이다.
그러니 사람과 멀어지는 것을 아쉬워하기보다

현재의 관계에 최선을 다했으면 좋겠다.

지금 이 순간, 이 인연을 소중히 여겼으면 좋겠다.

그렇게 자신만의 행복과 인연을

만들어나가면 된다.

에필로그

부끄럽지 않은 어른으로 살기 위하여

"제 이야기가 정말 누군가에게 도움이 될까요?"

처음 집필 제안을 받았을 때 저는 되물었습니다.
나름대로 열심히 살아오긴 했지만
그 삶이 드라마나 영화처럼 특별히 재미있다거나
교훈적인 이야기를 담고 있다고는 생각하지 않았으니까요.
주저하는 저의 마음을 돌린 건 편집자의 말이었습니다.

"꼭 누군가에게 도움이 되어야 하는 건 아니에요.
저는 작가님의 영상을 보면서

딸들을 사랑하는 그 따뜻한 마음에 왠지 힘이 났어요.
저도 한 명의 딸이니까요.
더 많은 딸들이 그걸 함께 느꼈으면 좋겠다고 생각했어요."

책을 쓰겠다고 마음먹기까지 2년,
그리고 완성하기까지 1년이 걸렸습니다.
이 책을 쓰는 동안, 그리고 글을 마치는 순간까지
수도 없이 생각했습니다.

"내가 글을 쓰는 게 정말 맞는 일일까."

다만 처음 주저했던 마음과 한 가지 달라진 점이 있다면,
부담을 조금은 내려놓았다는 것입니다.
누군가에게 꼭 도움이 되어야 한다는 마음보다는
지치고 힘든 일상에 작은 용기만이라도
보탤 수 있다면 좋겠다는 생각이 들었습니다.

책에 대해 논의하려 사람들을 만날 때마다
편집자는 물론 저의 소속사 대표이자 20년 지기는
저를 '작가'라는 이름으로 불렀습니다.
그때마다 참 쑥스럽고 기분이 묘했습니다.

글을 마치는 지금은 작가라는 호칭보다
'경험자'라는 표현이 더 맞겠다는 생각이 듭니다.
저는 그저 인생에서 마주할 수 있는 아픔과 시련, 그리고 깨달음을
이 책을 읽을 분들보다 한 걸음 먼저 경험했을 뿐입니다.
덕분에 조금은 더 성숙한 사람으로 거듭나게 되었고요.

우리는 누군가의 자식인 동시에
언젠가는 누군가의 부모가 될 수도 있습니다.
그리고 무엇보다 한 명의 인간이기도 합니다.
이 책이 이런 가장 기본적인 공통분모 안에서
함께 공감할 수 있는 이야기이기를 희망합니다.
그리하여 살아감에 있어서
조금 더 용기를 내길, 위로를 받길,
지혜를 나누길 소망합니다.

결과론적으로 들릴 수도 있지만,
살면서 저에게 일어났던 이 모든 시련들이 있어
이제는 '참 다행이다'라는 생각을 자주합니다.
그것들을 견디고 삶에 대해 배우며 깨치는 과정에서
부끄럽지 않은 어른이 될 수 있었음에 감사합니다.

앞으로 남은 삶 또한

딸들에게 '어른다운 어른'으로 기억된다면

그보다 더 바랄 일이 없겠습니다.

니모 김희진 씀

반짝이는 딸들에게

초판 1쇄 인쇄 2024년 10월 7일
초판 1쇄 발행 2024년 10월 17일

지은이 니모 김희진
펴낸이 김선식

부사장 김은영
콘텐츠사업2본부장 박현미
기획편집 김단비 **책임마케터** 문서희
콘텐츠사업7팀장 김단비 **콘텐츠사업7팀** 권예경, 이한결, 남슬기
마케팅본부장 권장규 **마케팅1팀** 박태준, 오서영, 문서희 **채널팀** 권오권, 지석배
미디어홍보본부장 정명찬 **브랜드관리팀** 오수미, 김은지, 이소영, 서가을, 박장미, 박주현
뉴미디어팀 김민정, 이지은, 홍수경, 변승주 **지식교양팀** 이수인, 염아라, 석찬미, 김혜원
편집관리팀 조세현, 김호주, 백설희 **저작권팀** 이슬, 윤제희
재무관리팀 하미선, 김재경, 임혜정, 이슬기, 김주영, 오지수
인사총무팀 강미숙, 김혜진, 황종원
제작관리팀 이소현, 김소영, 김진경, 최완규, 이지우, 박예찬
물류관리팀 김형기, 김선민, 주정훈, 김선진, 한유현, 전태연, 양문현, 이민운
외부스태프 디자인 데일리루틴

펴낸곳 다산북스 **출판등록** 2005년 12월 23일 제313-2005-00277호
주소 경기도 파주시 회동길 490
전화 02-704-1724 **팩스** 02-703-2219 **이메일** dasanbooks@dasanbooks.com
홈페이지 www.dasan.group **블로그** blog.naver.com/dasan_books
종이 스마일몬스터피앤엠 **인쇄** 민언프린텍 **후가공** 평창피앤지 **제본** 대원바인더리

ISBN 979-11-306-5779-0 (03810)